ハヤカワ文庫SF

〈SF2140〉

宇宙英雄ローダン・シリーズ〈552〉

偽アルマディスト

デトレフ・G・ヴィンター&H・G・エーヴェルス

若松宣子訳

早川書房

8047

PERRY RHODAN

AUßENSEITER DER ARMADA

MEUTEREI IM ALL

by

Detlev G. Winter

H. G. Ewers

Translated by

Noriko Wakamatsu

First published 2017 in Japan by

HAYAKAWA PUBLISHING, INC.

This book is published in Japan by

arrangement with

PABEL-MOEWIG VERLAG KG

through JAPAN UNI AGENCY, INC., TOKYO.

目次

偽アルマディスト

偽アルマディスト

デトレフ・G・ヴィンター

登場人物

イホ・トロト……………………………ハルト人
タンワルツェン………………………《プレジデント》艦長
ジェルシゲール・アン………………《ボクリル》艦長。シグリド人司令官
ターツァレル・オプ……………………シグリド人。アンの代行
エーナ・ネジャールス…………………ヘルキド人。偽アルマディスト
ファースリイナ…………………………コルコク人
ユルカン…………………………………アルマダ作業工。エーナの助手

1　現在からの閃光

目的は、はたされた。

トリイクル9が発見されたのだ。

アルマディストたちの心にいま、どれだけの満足感がひろがっていることだろうか！　その物体を明らかに悪用したか、すくなくとも悪用に関心がある異人もここにいる。だが、それがなんの問題になろう。危険分子にはならない。無限アルマダに所属する艦隊の膨大な総数にくらべ、かれらの部隊は貧弱だ。こちらの強大な兵力にあっては、異人は深刻な問題を起こさないだろう。

トリイクル9が発見された。

なによりも重要なニュースだ……すくなくとも、目標物のすぐ前にいる、中央後部領域・側部三十四セクターのアルマダ第一七六部隊にとっては。ここはシグリド人艦隊のポジションで、かれらがトリイクル9の位置を突きとめ、存在をたしかめた。このあらたな情報がほかの部隊ではまだ全域にいきわたっていないという可能性はありうるが、かれら発見者の種族に属する者たちは情報を得ているだろう。自分たちの艦隊がどれほど重要な宙域に関わっているかが、野火のようにひろまったにちがいない。

数百万年ものあいだ、何世代にもわたってかれらは、ほかでもない、まさに眼前にある目標物を探しつづけてきた。かれらの存在の唯一の意味をなすものだ。それをいま、発見したのである。

トリイクル9……

かれら全員が揺らぐことなく、まさに本能的に探しもとめてきたもの……

だが、おまえにとって、それはなんの意味もない。

これら膨大な数の宇宙船が帯びている使命は、おまえにはまったく関係ない。おまえはそこに一生の目的を見いだしていない……ほかの全アルマディスト、すなわち同盟を組む数千種族の者たちとは違って。

おまえはかれらのようではない。

かれらとはまったくべつの前提で、おまえの憂慮、計画、思考、行動は動いている。おまえという存在には、追跡と追放、拒絶、敵意、憎悪が刻まれている。おまえは、考えうるかぎりの社会の外側にいて、追放され、追いたてられる。狩られ、排除されるのだ。

おまえはこれまで年月を数えてこなかった。数えてどうなるというのだろう！　おまえが思いだせるよりもずっと長く、そのあわれな生はつづいている。幼少期と青年期の記憶は、忘却の靄《もや》のなかに沈んでいる。親でさえおまえのことをほとんど知らない。親はおまえを自分のからだから分離させるとすぐに捨て、その後は否定した。おまえにとり、全世界ははじめから敵だった。

おまえの目的はトリイクル9ではない。

生きのびることだ。

もはやなにも変えられないことは自覚しているだろう。あすは、きのう、きょうと同じ日になる、と。

それでもあきらめてはならない。孤独な、望みのない戦いはつづくのだ。

過去、現在、そして未来……

おまえの道を進め！

2　過去の記憶の光

　ファースリイナがそこにいた。温厚で辛抱強いファースリイナが、かつて約束したように睡眠箱の前で待ち、その大きなからだで、通りすぎる者たちの眺望をさえぎっていてくれている。かくれていられるよう気づかってもらえたおかげで、わたしには考えをまとめ、意識を集中する時間ができた。

　はじめは神経が麻痺したようだった。自分のからだを感じられず、触れることもできない。頭は奇妙な虚無感に支配されている。かすかに光を感じたが、それを自分の経験値のなかに分類できない。

　霧がゆっくり晴れるように、ひとつの姿が光のなかであらわになった。わたしが最初に意識的に知覚したその姿が、しだいに覚醒する精神にゆっくり入ってきた。

　ファースリイナがそこにいた！

　愛情の波に押し流される。はかなくかぎられた、信頼という奇妙な感情だ。アルマディストの狂気が死をもたらす渦となってふたたび襲いかかる前に、わたしは冷静になり、おのれをとりもどした。

温厚で辛抱強いファースリイナ！

わたしがふたたび自己防衛できるようになるまで、なにかを暴《あば》こうとするような招かれざる視線から守ってくれている。背をわたしに向けて立っている。わたしはしだいに覚醒しながら、彼女のふくよかなからだつきを観察した。褐色の肌には深いしわが刻まれている。身長二メートル、幅もすくなくとも同じだけあるそのからだが、揺れ動き、睡眠箱の出入口をうまくさえぎっていた。次々あらわれる野次馬たちはだれも、数秒もなかをのぞきこんだり、なにかを確認したりすることはできない。

わたしは深い感謝の念をおぼえた。これまでの波瀾に満ちた生涯で、ファースリイナのように、ほとんど献身的なまでにわたしの健康を気づかってくれるアルマディストに出会ったことは一度もない。

わたしは緊張のとけた状態でしずかに寝たまま、なにも考えず、からだと精神がふたたび活動できるようになるのを待っていた。かつてこれほどリラックスできたことがあったろうか！

手足の先にかすかなかゆみを感じ、覚醒の過程が予定どおり進むと、頭もより明晰になっていった。感情につづいて冷静な思考が生まれ、ファースリイナへの感謝の気持ちと、合理的に進んだ出来ごとを結びつけることができた。眠りこむ直前のことがありありと浮かびあがってきて、しばらくわたしはその記憶にひたったった。

わたしは疲れきって睡眠ブィに忍びこんだのだった。そのとき、不快な事件が生じて、生きるための気力と体力をかなり失っていたのだ。睡眠段階に入るという望みだけが唯一の活力だった……さらにどれだけの代価をはらうことになったとしても。わたしがすぐに正体を見抜かれて追放されなかったのは、ただ、ここに出入りするアルマディストたちが自分のことで忙しかったせいだと考えられた。

アルマダ作業工と睡眠ブィに勤務する要員たちは、とうにわたしの侵入に気づいたはずで、わたしにとってより大きな危険となっていた。しかし、まだかれらは動いていない。あるいは、じつにうまく動いていて、わたしは罠にはまってようやく気づくことになるのだろうか。

だが、必死に努力しても、どうやってすぐに警報が発しないように睡眠箱を作動させるのかは、まるでわからなかった。わたしはコルコク人ではない。背が高く体幅もあり、革のような肌にがっしりした足、胴体から水平にのびる関節のない短い四本腕を持ち、胴の上には首も肩もなく、ちいさくまるい頭だけがある、この種族の一員ではないのだ。すでに肉体的な違いから疑念をいだかせ、睡眠自動装置をまごつかせるにちがいない。たとえ装置が不確実ながら、わたしのメタボリズムをうまく処理したとしてもだ。

それでもわたしが自分の計画に固執《こしつ》したのは、怒りからわきあがる反抗心のせいだったかもしれない。また、生命を軽んじる無頓着さ、支配的な環境に対する無感動も原因だったかもしれない。危険は知っていたが、そこから目をそらそうとしたのだ。

そんな状況で、偶然ファースリィナと出会った。彼女はそれまでで、無関心な一瞥《いちべつ》以上の視線を向けてわたしの存在に気づいた唯一の者だった。彼女が立ちどまり、こちらをグリーンの目で見つめたとき、恐怖と逃げだしたいという衝動がわたしのからだを駆けめぐった。しかし、なぜかためらいを感じた。

「ここでなにをしているの、おちびさん？」

それが彼女の第一声だった。その柔和な響きは、彼女の怪物じみた外見……すくなくともわたしの概念からすれば……にとても適合しないように思えた。あらゆる理性に反して、わたしはたちまち彼女を信頼した。それがいかに軽率かということはわかっていたのだが。

「安らぎ」わたしは妙に冷静に答えた。「安らぎを探しているんです」

彼女は目のほかはなにも動かすことなく、またわたしを品定めするように見つめた。なぜ、彼女がそれほど自制的な反応をするのか、わからなかった。わたしのなにかがおかしいと思い、欠陥があることに気づいたにちがいない！　なぜわたしに襲いかかり、追いはらわないのだろう？

説明できないが、ファースリィナになぜか心が引きつけられた。彼女とわたしのまわりでは、活発な往来がたえまなくあった。しかし、彼女の同胞はだれもこちらを見ない……まるでわれわれが、何者も立ち入れない隔絶したオアシスにいるかのように。それはわたしがまだ体験したことのない状況で、心がおちつくのと同じだけ、不安をおぼえた。

「安らぎ……」ファーストリイナは考えながらくりかえした。「われわれ全員が、それを探しもとめているのでは？」

この質問に対するわたしの答えは、動揺していたせいだろう、ずいぶん愚直なものだった。

「あなたたちが探しもとめているのはべつのもの。トリイクル9でしょう」

「あんたは違うの？」

「違います」

なぜこれほどあからさまに律儀《りちぎ》に答えたのか、自分ではけっして説明できない。ほかのアルマディストが相手だったら、わたしは遅くともそう答えたときに襲われていただろう。しかし、ファーストリイナは平静をたもっていた。この世でどんなことがあっても動じることはないかのようだ。

「安らぎへの道は」彼女は辛抱強く説明した。「内なる安らぎへの道は……トリイクル9にのみつづいている。それがわからないの？」

「わかりません」

「とても奇妙ね」

彼女はすこし黙った。なぜわたしがそのような冒瀆《ぼうとく》的な態度をとるのか考えなくてはならないかのようだ。このときわたしは、彼女がほかの者のような反感や、攻撃的な態度をしめさないだろうと、ほぼ確信した。

「おそらく」彼女はとうとういった。「わたしはあんたを理解できると思う」

疑う理由などあるだろうか？　無限アルマダで生きてきて、きわめて用心をおこたらず、つねに安心してはならないと学んだが、コルコク人種族出身のこの女性が見せた好意と柔和さはとても大きく、誠意はないかもしれないなどと一瞬も怪しむ必要はないように感じられた。

すぐにわたしの信頼は正しかったと判明した。彼女は自分の名を名乗り、しわだらけの皮膚のあいだから口糧をいくつか探しだし、わたしはそれを感謝してたいらげた。彼女の同胞からじゃまされることもなく、まるでファースリイナがわたしのまわりに謎に満ちたオーラを発生させて、守ってくれているかのようだった。これについては彼女が、自分はコルコク人のアルマダ部隊において非常に重要な地位にあると話すなかで、かんたんではあったが説明してくれた。

さらに、彼女にはきわめて有利な交渉を自由におこなう力があり、とりわけ、二、三の技術的・心理的トリックを知っていた。それはわたしの状況では決定的なことで、すぐに役にたちそうだった。

彼女はわたしを睡眠箱に連れていき、なにも心配することはないと保証した。しかし、わたしは突如、不安につつまれた。なぜ自分はこんなことをするのか？　数年にわたって無防備なままエネルギー性深層睡眠に入ると想像するのは、わたしのような生物にとって、耐えがたいことではないだろうか？

ファースリイナは、わたしに疑念が芽生えたのに気づいたにちがいない。彼女のちいさい頭蓋の表面が大きく波うち、腕の付け根までとどくようなしわができたからだ。わたしはとっさにそれを理解の印だと解釈した。

「心配無用よ、おちびさん。わたしは睡眠箱のプログラミングを知りつくしている。あんたの睡眠段階が、わたしのあとで終わるように調節しておくわ。目ざめたら、わたしはそこにいるでしょう」

彼女はほのめかすようにいっただけだったが、わたしの悲観的な気持ちは消えた。

「ひょっとすると」と、彼女はふくみを持たせてつけくわえた。「あんたのためにもうすこし、なにかできるかもしれない……」

わたしは彼女を盲目的に信頼し、深層睡眠に入ることにまったく懸念はなく、発見されることも、アルマダ作業工や要員の注意を引くことも恐れていなかった。この数分間、不安定な生活もようやく中断されて休養期間を得られるという希望だけが、心を満たしていた。

＊

睡眠ブイは各アルマダ部隊にある。長さ五キロメートル、直径一・五キロメートルのシリンダー形で、両端はまるみを帯び、先端に向かって尖っている。わたしの発見したところによると、この構造原理は無限アルマダ全体に共通していた。同様に共通した基本原理にもとづくエネルギー性深層睡眠を引き起こす機能をはたし、どんな種族にも同じ技術で実行される。

内部空間の構造形式だけは、それぞれの種族の必要に応じて些少《さしょう》の差異があった。多数あるデッキの高さ、各階のキャビンの数などにくわえ、なによりも睡眠箱の性質そのものが異なっていた。ちいさいサイズから大がかりなもの、さらには通廊に向かって完全に開いているつくりのものもあり、それらはハッチで封鎖されるしくみになっていた。ときには同じ睡眠ブイ内でも、さまざまな異なる特徴が見られることもあった。

すべてのアルマディストは生涯で数回、深層睡眠に入る。これにより、生きる時代にずれがある個体同士の情報交換ができるのだ。それは種族の集団的記憶力そのものを促進させ、過去と現在の精神的つながりをつねに活性化させる……世代交代が著しく遅くなることはもちろんだが。無限アルマダの各設備と同じように、睡眠ブイもそれなりの方法でひとつの目的をめざしている。トリイクル９の探求だ。

　この観点からすると、わたしがただ休養してからだに再生の機会をあたえたいという私欲のために睡眠箱を作動させたことは、ほぼ冒瀆行為に匹敵した。コルコク人たちがそれに気づき、わたしがトリイクル９の捜索になにも寄与していないと知られたりすれば、またもや無慈悲に狩られることになるだろう。

　ふたたび目ざめた精神が覚醒するにつれ、より明確に危険を感じた。

　外にはファースリイナがいる。彼女も睡眠段階を終了し、肥満体を揺らして巧みに視界をさえぎっていた。しかし、そもそも彼女はなぜそんなことをしているのだろうか？　わたしは何年も発見されずにいたのに。彼女はどのようにわたしの睡眠にじゃまが入らないようにしたのか……どんな変化があって、彼女はいま突然、この予防処置が必要だと考えるようになったのだろうか？

　疑問が無意識にわきあがる。最初の疑念がよみがえった。どうしてここが安全だなどと、本気で信じられたのだろうか！　通廊に向かって開いた、無防備の睡眠室に入るとは、なんと軽率でおろかだったことか！　そばを通りすぎる者はなかをのぞきこめるし、いつでも見られる状態だったのだ。何年間も！

　それでも、これまでなにも起こらなかった。わたしにわかるのはただ、信頼すべきファースリイナがともかく約束を守ったということだけだ。ほかのことはすべて……正確な状況も適切な処置も……わたしには謎のままだった。

眠りについたときも目ざめたときも冷静だったが、その冷静さもかくれているという思いこみも消え失せ、わたしは不安になった。突然、全方向から観察されているような気がした。状況はここにきたときと変わらず、危険が増したわけではないと、自分を納得させるしかなかった。

ゆっくりと深呼吸したが、内なる興奮はかすかにやわらいだだけだった。手足に感じるむずがゆさはすでにやみ、心地よい温かさに変わっていた。血液循環が速まり、感覚がもどっている。生命機能を管理し、調節する何本ものゾンデが皮膚からはなれるのを感じた。ゆっくり片腕をあげてのばし、ためしにこぶしをにぎって開いてみた。

こうして動いても、痛みも障害も感じない。脳の中枢神経による命令と知覚において、筋肉、腱、神経とのつながりに問題はなく、意識の思考活動も同様だった。覚醒の慎重なプロセスは終了し、深層睡眠の無防備な麻痺状態は終わった。

たしかな満足感がわきあがった。これからはもはやファースリイナの助けは必要ない。いざとなれば、行動して自分を守れるのだ。

＊

ファースリイナは温厚で辛抱強いものだった。まさに彼女はそうなのだ！　冷静に右から左へ、左から右へと、すこしも休むことなくからだを揺らしている。コルコク人たちが何度も前の通廊を通りすぎたが、彼女の奇妙な行動が気にとめられることはなかった。あるいはファースリイナは本当に、質問されたり管理されたりすることのない謎に満ちた地位にあるのかもしれない。実際、その背後になにがひそんでいるのか、わたしが知ることはないだろう。

この数分間を使い、わたしは完全に着替えをすませていた。数年前に自分の種族のもとから盗み、それ以来おおいに役だってきた宇宙服を身につける。素材は軽く弾力性があり、着用していることをほとんど感じず、動きが妨げられることもない。

ファースリイナは背後の睡眠箱での出来ごとに対して、特別な感覚を研《と》ぎ澄ませているかのようだった。わたしの準備が終わるとすぐに振り子運動をやめ、横向きになってこちらを見て、出入口の枠にもたれかかった。

この姿勢から、彼女が長くはわたしの安全を保証しきれないのが感じられた。すでにうすうす予感していたことが、いま、確実になった。休息のときは過ぎ去ったのだ。反射的に手を腰に滑らせ、いつも携帯しているブラスターとパラライザーのコンビ銃の冷たい感触をたしかめる。

「すっかり目ざめた？」ファースリイナは彼女らしい、親しみのある話し方でたずねた。

わたしは肯定するしぐさをした。

「そう思います。すくなくともからだは問題ありません」

錯覚かもしれないが、彼女のグリーンの目が輝きを失い、いくらか曇ったような気がした。

これによってあらためて、睡眠ブイ内部でごくかすかな変化があったという印象を受けた。わたし自身は知覚できず、ファースリイナにもなじみのない事態が起きている、あるいは起きたのだ。彼女がここにいても、はじめと同じようには安心していられないだろう。場合によっては、すでに見かけ以上に危険な状況なのかもしれない。

「もはや、あんたを助けられない」彼女はしずかにいった。「われわれはべつの道を行くのよ」

ほかの状況であれば、わたしはおそらく哀愁と別れの苦しみを感じただろう。しかし、心にわきあがり高まりつづける緊張と防御反射でそのような感情の動きは抑制され、

「わたしが望んだ以上に助けてもらいました。感謝しなくては」とだけ答えた。

「わたしはただ、正しいと思った行動をしたまでのこと」ファースリイナはかわした。

外を走りすぎたコルコク人の一名が突然歩みをとめて、ちいさい頭をめぐらし、睡眠室をのぞきこんだ。心臓がとまりそうになり、本能的に筋肉がこわばる。コルコク人はわたしからファースリイナに目をうつし……関心がなさそうに向きを変えて、もとの道

を進んでいった。

ためらいながら、わたしは緊張をといた。まだ証拠が必要だというなら、それがあのコルコク人だろう。いまはきわめて危険な状況なのだ！

「あんたはここにはとどまれない」ファースリイナがいった。

わたしは、動揺してなにも答えられない。このように不安をしめし、圧倒的な冷静沈着さを失っている彼女の姿など見たことがなかった。彼女の神話が……あるいはなんであろうと、彼女のまわりにめぐらされ、わたしを守ってきたものが……こっぱみじんに砕けるのを、わたしは文字どおり感じた。

「空調シャフトを使うなら、さしあたり問題は生じないでしょう」ファースリイナはそのまま話をつづけ、短い腕で睡眠箱のうしろの壁をさししめした。「分岐があっても直進すれば、機械ホールに出るわ。ただし、そこからは危険になる。整備通廊を避けては進めないから……」

信じがたい気持ちで彼女を見つめながら、わたしは驚愕をおさえつけようとしていた。

〝ひょっとすると、あんたのためにもうすこし、なにかできるかもしれない〟という、当時の彼女の謎だらけの言葉がよみがえった。あれは何年前のことなのだ？　いつ彼女は、いま説明した方法を考えだしたのだ？　わたしがまだ眠っているあいだに、彼女は逃走方法を考えることができたのだろうか？

茫然とするわたしに動じず、彼女が話をつづける。一方、わたしは頭が混乱しきっていたが、詳細を心に刻もうとつとめた。

「シャフトの出口から見て右に三つめが、進むべき通廊よ。そこをまっすぐに行くとブイの外側領域、二十三・九・五十三エアロックに到達する。正確におぼえておきなさい、二十三・九・五十三よ！　そこからブイを出るの。エアロックから数メートルのところに、アルマダ牽引機が一基ある。そのなかに問題なく入り、自分の目的のために使用できるわ」

はじめは感激しながら話を聞いていたが、いまはただ愕然としていた。彼女の提案はよく練られているのだが、ひとつ決定的な欠陥がひそんでいる。わたしはすでに一度、アルマダ牽引機を手にいれようとしたことがあり、そのさい、ほとんど死にかけたのだ。「牽引機は、わたしのような者をはねつける特殊センサーを装備しています」わたしは拒否するようにいった。「なかに足を一歩も踏み入れないのに、麻痺ビームを浴びせられたことがあります」

ファースリイナはこの反論に、まったく動じなかった。

「わたしを信じるのよ、おちびさん。もちろん、なにも問題がないよう手配してあるわ。センサーはあんたのはぐれ者の身分には反応しない」

信じがたい話に聞こえたが、ファースリイナがあまりに確信をもって話すので、あらゆる懐疑心をいだきながらも納得してしまった。アルマダ牽引機の認識センサーを操作できるとは、どんな能力を行使したのだろうか？

「そろそろ、行きなさい」通廊でふたたび一コルコク人が立ちどまり、黙ったまま睡眠箱を見て、またしばらくして歩きはじめたとき、彼女はせかした。「時間はのこされていない」

いろいろ世話してくれた、温厚で辛抱強いファースリイナと別れるのはつらかった。しかし、なんとか気持ちをたてなおした。運命なのだ。彼女はわたしの生涯から去る。すばやく音もたてずに、入ってきたときと同じように。

このはてしなく恐ろしい無限アルマダのなかで、ファースリイナはわたしが出会ったはじめての友だった。そう思い、憂鬱になる。これまでの体験から考えると、彼女は唯一の友でもあるだろう。つらいことだ。

彼女自身はそんなことはほとんど考えていないらしかった。すべての質問に答えたからもはや話すことはないかのように、向きを変え、ふたたびリズミカルな動きをはじめた。大きなからだで外部の視線から守られて、わたしは退却をはじめられた。

この睡眠箱はすくなくともわたしのからだにちょうどいい大きさで、自由に動ける。奥の壁の格子《こうし》を探すと、床から手の幅をいくつか重ねたほどの高さに空調シャフトが見つかった。かんたんに手もとどいてなんなく開けられそうだ。そこからは進むのに充分な大きさがある。コルコク人女性が説明したように、ここから先も現実的な脱走方法がさらに通じていると心から信じられた。

また深い感謝の念を感じた。わたしのために彼女はなにをしてくれたことか……！　まだ理解できない。

「ファースリイナ」思わずつぶやく。

彼女は、からだを揺らすのをやめることなく振り向いた。

「なにか……？」

「なぜ助けてくれるのですか？」と、わたしはとっさにたずねていた。「よりによって、偽アルマディストのわたしを？」

話すべきかどうか迷うように、彼女は沈んだ目で長くわたしを見つめた。とうとう事実を話しはじめたとき、突然、彼女の行動の背景が明らかになった。行動のきっかけとなった悲劇……言葉であらわしきれない痛みが、わたしの心をつらぬいた。

「ずっと昔、わたしには息子がいたの」彼女はしずかにいった。「息子は追放されたわ。あんたと同じように」

3　現在へのスポットライト

ヘルキド人種族の者には、シグリド人が巨人のように見えるにちがいない。シグリド人は恰幅がよくて、平均的にコルコク人より背も高い。短くがっしりした二本の脚と、さらに短いが非常に筋肉質な二本の腕がある。頭はほとんど見えない頸に支えられ、中央によったふたつの目に、平たい呼吸用の隆起がひとつあり、漏斗《ろうと》状の幅ひろい口は前に突きだしている。しかし、この生物の特徴はなんといっても、さまざまな大きさとかたちの深紅の水疱でおおわれた皮膚と、食糧と水分が蓄えられている背中の瘤《こぶ》状の膨《ふく》らみだ。

ただし、シグリド人のこの外見を、エーナ・ネジャールルスはほとんど気にしなかった。生物をその外見から判断したことなど、これまで一度もない。判断は、まったくべつの特徴をもとにしていた。

どのシグリド人の頭上にも、かならずむらさき色の輝く光の玉が不動の状態で浮いている……無限アルマダに属することを証明する印章だ。

かれらはアルマディストなのだ。

これだけで、エーナにはすべてわかった。

シグリド人に用心しなくてはならない！

主通廊から接近する声と足音が聞こえたとき、逃走したいという本能にすぐに襲われた。あわてて周囲を見まわし……すぐに自分が決定的な過ちをおかし、もっとも重要な予防処置をおこたっていたのを悟った。空腹にかられ、いざという場合に必要な退路を確認するのを忘れていたのだ。その報いがきた。補給庫にはもうひとつの出口はない。

背筋に寒けがはしり、ヘルキド人はいらだった。どこかにかくれるよりほかに選択肢はない。シグリド人が補給庫に入ってきた場合、気づかれないことを願うのみだ。

そばには背嚢《はいのう》があり、盗んで運ぶつもりのものが詰めてある。それを持ちあげ、きれいに積み重ねられた乾燥食糧のストックの陰にすばやく身をひそめた。

「そこに入れろ！」接近してくる者の声が聞こえた。

開いたドアから数百リットル容量のコンテナが、反重力フィールドで浮遊して滑り込んできた。よりによっていまとは。エーナは心のうちで悪態をついた。どうやら乗員のための配給準備がはじまるようだ。盗みを働くには、もっともまずいタイミングを選んでしまった。

食糧パック二列の隙間からホールのようすをのぞく。床に密着するようにしゃがんだ。

背嚢はそばにある。その銀色の縁が、ひょっとすると都合の悪い場所から見えてしまうかもしれないと思った。なぜ突然そんな思いにいたったか、のちに説明はできないのだが。ほとんど本能的に背嚢をつかんで引きよせる。金属がこすれる音がして、それはごくかすかだったが、完全に聞きとれるものだった。

同時に二名のシグリド人が入ってきて、片方が突然立ちどまった。頭皮の水疱のあいだから突きでている細い聴覚器官が、あたりをうかがうように震えている。

「いまの音はなんだ？」

エーナは不注意だった自分を張り倒したい気分だった。息をとめる。すこしでも音をたてれば、自分の存在を知られてしまう。

もう一名のシグリド人はなにも聞こえなかったようで、ひたすら前進し、コンテナを操縦して、天井までとどく食糧パックの山に向けた。そこは運よく、ヘルキド人のかくれ場のちょうど反対側だった。

「なにが？」話がわからず、相棒にたずねる。

「いまの……引っかくような音だ。床の上をなにかが軽く引きずられたようだった」

「夢でもみたのさ、ヴェル。なんでもない」

「黒の成就にかけて！」ヴェルと呼ばれたシグリド人は一歩前に踏みだし、探るようにあたりを見まわした。「いっただろう、クロ、わたしは音を聞いたんだよ！」

クロは動じずに積みこみ機械を操作した。自動式クレーンがストックのいちばん上のパックを持ちあげ、コンテナにおろす。

「だからって、なんなんだ！　ここにどれだけのものが積まれているか、わかっているだろう。きっとどこかがずれたのさ」

ヴェルはためらっていたが、まもなく気をとりなおし、すべてを振りはらうかのように勢いをつけてクロのわきにならんだ。

「たぶん、気が高ぶっているんだな」と、弁解するようにいう。「あまりにたくさんのことがあったから」

「きみは小心者だ、そういうことなんだ」クロはつっけんどんにいった。「あちこちに危険な秘密がひそんでいると考えるのはやめろ」

エーナはすこし目を閉じて、ゆっくり息を吐きだした。緊張のほとんどがとけた。ヴェルが不審に思ったとしても……もう一名がこんな態度では、これ以上、音の原因を追求しようとはしないだろう。すくなくともすぐに発見される危険はなくなった。

「とにかく、気をしっかり持つことだ」クロは忠告をつづけた。「トリイクル9が悪用されたことで重圧を感じて、不安になってはいけない。それよりもやる気を出さなくては。重要な任務がわれわれを待ちうけているのだから」

「わかっている」ヴェルは無愛想につぶやいた。「わたしの頭がどうかしているかのような話し方をしないでくれ」

エーナはだれにともなく微笑した。短い会話から判断するに、ヴェルは自立しているが要領が悪く、補助してくれる者が必要な類《たぐ》いの者のようだ。その補助役を、すくなくとも積みこみ作業のあいだは、クロが負っている。しかし、クロは臆病なシグリド人を本当の意味で助けることなく、この状況を都合よく利用して優越感にひたり、すべてを悪化させていた。

「われわれが拿捕《だほ》した球型艦のことだって、不安になる必要はない」クロは作業を中断せず、なだめるような口調でいった。「艦を操縦する者たちは、きみが思うような超越的存在ではない。ただ、われわれがトリイクル9のそばでかれらを発見したから……」

「どうして、わたしがかれらを超越的存在だと思っているなどというんだ？」ヴェルは話をさえぎって抗議した。

「このあいだ、そんなことをいっていなかったか？」

「わたしは、ある〝理論〟を述べたまでのこと。それだけだ。理論は正しくないにちがいない。だからまったく不安なんか感じない。本気で、わたしが臆病者かなにかだと思っているのか？」

クロはこの反論がまったく聞こえなかったふりをして、快活にいった。

「ともかく、あの艦の乗員を恐れる必要などないのだ。かれらはなにも手出ししない。

結局、アルマディストではないんだから。いいか、かれらは異人で……」

ヴェルは自制心を失い、大声を出した。

「わかっている！　わたしはおろか者ではない！」

積み重なった食糧パックの陰にいるヘルキド人は、このおかしな会話にたちまち興味を失った。シグリド人たちは、この日の配給をならべて積みこみながら、ますます声を大きくして攻撃的に話をつづけている。しかし、エーナはもはや聞いていなかった。自分の考えにふけっていたのだ。たったいま、予期せず聞き知ったことをめぐって。

拿捕された艦……

アルマディストではない……

異人……

自分のような者たちにちがいない。ほかの可能性はほとんどない。アルマダ種族から軽んじられた存在だ。無限につづく艦隊の群れも、トリイクル9も、かれらにとってはなにも意味を持たない。

しかも……クロの話からはほかの解釈のしようがない……かれらの艦はすぐそばにあるにちがいない！

エーナは興奮し、がまんしきれなくなりそうだった。シグリド人二名が早く出ていけばいいのに。手をこまねいて身をひそめなくてはならない一分一分が、急に忍耐の試練となった。

アルマディストではない者たち……

このような機会をどれだけ待ち望んできたことか！

生涯ずっと故郷もなく放浪して、船から船へと孤独にわたる者として生きてきた。追放と逃亡が刻まれた存在だった。家はどこにもない。

自分のような存在、運命を分かち合える生物がいるはずだと考えて、身を焦がすことがよくあった。このはてしない規模の艦隊のなかで、自分が唯一の存在などということはないだろう、と。コルコク人の睡眠ブイでファースリィナと話してから、それを確信していた。

しかし、あれから何年もたった。いつか自分のような者に出会えるという望みは叶《かな》っていない。きっとあちこちで偽アルマディストは生まれているが、その数はすくなく、何千もの種族のなかで偶然に遭遇するのは統計的に不可能なのだ。それはべつとしても、ほとんどが若いうちに命を落とすのかもしれない。忌み嫌われる生活に耐えきれず自死したり、生きるのに必要な条件を満たすことができず、死んだりするのだろう。

そうした者たちといつか遭遇するチャンスなどほとんど皆無《かいむ》だ。

それでも、日艦が拿捕された……アルマディストではない……

チャンスがそこにある！

逃すわけにはいかない。

自分と同じように共同体の外にいる者たちとともに生きるのはどんなものだろうと、すでに思い描きはじめていた。自分を受け入れ、同等にあつかってくれる相手とともに、アルマダの掟に抵抗して戦うのだ……

なにか引きずるような大きな物音がして、ようやく現実に引きもどされた。

「まぬけ！　注意できないのか！」

シグリド人のヴェルが、金属箱を引っくりかえし、卑屈な態度でそれをまた起こそうとしていた。クロは手伝う必要はないと思っているようだ。すでに縁まで食糧で満たされたコンテナに無造作にもたれかかり、傍観している。ヴェルは苦労のすえ、なんとかやりとげ、

「われわれシグリド人はけっこう強靭《きょうじん》だ」と、天真爛漫にいう。「だけど、この金属の箱はこの場所からほとんど動かせない。なにが入っているんだろう」

クロはコンテナの外被から背中をはなした。

「黒の成就の具現かもしれないな」尊大に答える。「きみのために特別に重くつくられたんだ」

ヴェルはクロを一瞥することもなく、ゆっくり出入口に向かいはじめた。

「あんたについて、苦情を訴える」つぶやくように告げる。「わたしに対する態度がひ

どい」

クロは上機嫌そうな声をたて、食糧容器の支柱をにぎった。とりつけられた反重力装置で、コンテナはかんたんに動かせる。慎重に操縦し、シグリド人二名はホールの出入口を抜けた。

エーナ・ネジャールスは不安にかられながらすべてを観察していたが、それによって慎重さをおこたることはなかった。通廊から響くシグリド人の足音が完全に消えるまで待ち、ようやくかくれ場から外に出る。

数々の盗みをつづけてきて、盗んだ食糧の組み合わせに好みが生まれはじめていた。自身の新陳代謝に合わない食事を何度も楽しみ、そのあとで地獄の苦しみを味わった。しかし、きょうは、そんなことはどうでもよかった。アルマダ第一七六部隊のどこかに拘留されている偽アルマディストのことしか考えられない。適当に缶や小型ケース、新鮮な保存食をつかんで、持っていた背嚢に詰める。中身がからだに合うかどうか、まったく気にしていない。

自分と似た者たちと接触するという想像に夢中で、いつもの原則は排除していた。ほかの者たちはトリイクル9の探求に生涯の目標を見いだしているが、エーナはなじめなかった。いまはかれもようやく使命を見いだし、自分だけの個人的な目標ができた。

近くに拿捕された艦がある！

アルマディストではない！
その艦を発見するのだ。

4　過去の記憶の光

「なぜ、ここに立っているのですか？　なにか待っているのですか？」

ちょうどシャフトによじのぼり、ふたたび換気用格子をフレームに引きいれたとき、甲高《かんだか》い細い声が響いた。わたしは通風口の柵から用心深く外をのぞいた。

からだがこわばった。

ファースリイナは振り子のようにからだを動かすのをやめていた。彼女の前で、待ち伏せるかのようにアルマダ作業工一体が浮遊していた……無限アルマダ全艦隊で重要な業務を遂行している数十億体の汎用ロボットの、ちょうど小型版だ。

驚愕した。コルコク人の謎に満ちたカリスマ性が、実際にどんどん縮んでいくように見えたからだ。ファースリイナと出会って以来、彼女がほかの者から一瞥されるだけでなく、話しかけられたのははじめてだった。彼女の画策が露呈し、場合によっては釈明をもとめられることになったのか？

心の奥深くで、安全なかくれ場から駆けだし、彼女を助けにいきたいという欲求がわきあがった。しかし、わたしは麻痺したように動けなかった。そんな行動を起こしても事態をさらに悪化させるだけで、結局、なにをしても彼女の信用を落とすことになるとわかっている。この瞬間、せまい檻《おり》に閉じこめられたような気がした。

反対にファースリイナは、アルマダ作業工の出現をわたしのように悲劇的にはとらえていないようだった。すくなくとも外見は、いつもの動じない平静さのままだ。

四本の短い腕を使い、右に左に旋回運動をしながら、

「ぐあいが悪いの」と、ロボットの質問に答える。「一時的に衰弱しただけで、すぐによくなるから」

「その衰弱はすでに長くつづいています」ロボットは反論した。「しばらく前から観察していました。奥はあなたの睡眠箱ですか？」

「違うわ。ただ通りかかっただけで、急に目《め》眩《まい》がしたのよ。だから気分がよくなるまでここで休んでいたの」

ファースリイナの泰然とした姿に、わたしはただ驚嘆をおぼえるしかなかった。危険な状況にもかかわらず、すべてを見通す力と度胸をたもっている。彼女がすぐに白状することはないだろう。こうした態度をとっているのもまたわたしのためだ、ということがわかった。わたしが逃げる時間を稼げるように……彼女が自分の息子にあたえられなかったチャンスを、わたしにのこすために。

「歩けますか？」アルマダ作業工がたずねる。

「もちろん。すぐによくなるといったでしょう」

「では、ついてきてください。医師にみてもらうべきです」

「必要ないわ」ファースリイナは拒否した。「すぐにおちつくから。だれにも面倒はかけたくない」

「あなたの健康状態を判断できるのは、医師だけです」ロボットは断固として主張した。

「いっしょにきてください」

近くでこのようすを見ていた一コルコク人が話に割りこんできた。急いで近づき、ファースリイナの短い腕をつかむ。

「ロボットのいうことを聞いたほうがいい。あなたのためにいっているのです」

「ほうっておいて！　行き先は自分で決める」

彼女は背を向けたが、そのコルコク人につかまれるのを逃れることはできなかった。かれは、やさしくはあったが、しっかりとファースリイナを睡眠箱の出入口から引っ張る。

「さ、きてください。あなたの健康がだいじなのですから」

喉に塊りがつかえた気がした。わたしは見守るしかなく、なにもできない。ファースリイナは姿が見えなくなる前に、もう一度振りかえり、おそらく無意識にだろうが、わたしに顔を見せた……

そのときわたしはいいようのない恐怖に襲われた。叫び声をあげないよう、なんとか自制する。

なんということだ！　と、いう声が心のなかで響く。目が……！

血が凍りついたような気がした。ぎょっとして指を換気用格子にくいこませる。全身が震えた。

ファースリイナの目が……

かつての温厚で辛抱強いグリーンの目に、しだいにグレイの影がおりてきて……

いまは白濁し、視力を失っていた。

＊

このショックは心に深く刻まれた。

足を一歩ずつ機械的に前に踏みだし、麻痺したように換気シャフトをよたよた歩く。シャフトは水平にのびており、幅と高さには余裕があり、直立歩行さえできた。手に持った携行ランプの光の輪が前方で揺れる。ファースリイナに教えられたようにまっすぐ進みつづけていたが、なにも考えず実行しているだけだ。脳はからっぽだった。周囲の涼しい空気の流れも、心のなかの痛みをやわらげることはできなかった。

トランス状態に入っているかのように、分岐点を通過し、支持柵をよじのぼり、制止した回転翼、気流弁、循環バルブをこえていった。こんな状態で墜落もせず、方向も見失わなかったのは、あとになってみれば奇蹟としかいいようがない。睡眠ブィの別領域では、睡眠箱もふくめ、常時どこも明るく照らされていたが、ここは通常は生命体のいないところで、暗闇が支配していた。たよれるのは自分のランプの光だけだ。だが、正確にプログラミングされたマシンのようにわたしは障害を克服した。

まだおのれをとりもどせないまま、歩みつづけた。恐ろしさが脳裏からはなれない。混乱した精神のなかで、くりかえしファースリィナの驚くべき姿がよみがえる。

実際にはなにが起きたのかわからないため、恐怖がよけいに増しているのだ。彼女のおかしがたい不思議な雰囲気が弱まったことが、実際に視覚器官の変化と因果関係があるのか、明らかになることはないだろう。目の不気味な変色の真の意味は、けっしてわかるまい。彼女が本当に病気で医師の助けが必要なのか、わたしが考えたようにコルコク人が彼女の計略を見破ったのか、知ることもないだろう。

いかなる運命がファースリィナを待ちうけているのか？　ずっと問いつづけたが、推測するしかない。二度と彼女に会うことはないだろう。永遠に会えない……死んでしまったかのように……

シャフトが明るい光に照らされてはじめて、考えをいくらかまとめられた。ここで機械ホールへの出入口が見つかるにちがいないが、いつコルコク人に遭遇するかわからない領域に入ることになる。そこからは用心が必要になり、注意をおこたるわけにはいかない。そうして最悪の事態を乗りこえるのだ。

ランプのスイッチを切り、宇宙服にそなえつけられたケースに手際よくしまった。シャフトの終着点で立ちどまり、格子からすぐ先のホールを見つめた。そこは円形で、直径がゆうに百メートルあり、平たいドーム天井におおわれている。不格好なブロックや細いタワー、滑らかな面の立方体や分岐するらせん構造など、大型の機械類が設置されていた。一部はエネルギー橋やケーブルで接続され、作業音を響かせていた。おそらく防音材が効果的にやわらげているのだろう、騒音はまずまず耐えられるものになり、軽くリズミカルにたたくように響いてくる。

見えるかぎり、ホールにはだれもいないようだった。それでも気を抜くことはできない。大部分がマシン・ブロックにかくされて見えないからだ。同様に、ファースリイナに指示された、向かうべき整備通廊も視界に入っていない。ここから見て、一シリンダー形マシンの湾曲部の裏にあるようだ。

換気用格子を押してフレームからはずすと、ななめにまわして手前に引きよせ、慎重にシャフトの壁にもたせかける。不必要な音はたてないように考慮したのだ。それから下のようすをうかがった。

出口は床から三メートルの高さにあった。真下の壁周辺には、だれも見えない。いくらか安堵したが、不安は払拭《ふっしょく》できなかった。ここからは視界に入らないが、偶然どこかにコルコク人やアルマダ作業工がいて、気づいたときには遅すぎたということもありうる。それは危険だ。

シャフトの縁に腰かけ、足を垂らした。わたしのような小型の生物にとって、三メートル下までジャンプするのは問題を起こしかねず、数ヵ所の骨折のリスクもはらんでいる。しかし、これまで、より困難でひるみそうな状況も乗りこえてきた。それにくらべれば、今回は些細《ささい》なことだ。

すぐに決断して、シャフトから跳んだ。膝の関節を折り曲げて、肩からころがった。なんとか無傷ですんだが、落下の衝撃で大きな音がした。くぐもった機械音のなか、きっと数メートル先まで響きわたったにちがいない。立ちあがって周囲を見まわし、注意深く耳をすます。なにも起こらない。このホールには本当にわたししかいないようだ。

右側を向いて壁ぞいを進む。最初の通廊の出入口を通過する前に立ちどまり、頭をめぐらした。そこにいるかもしれないコルコク人にすぐに気づかれないよう注意して、通廊をのぞきこんだ。

しかし、だれもいない。さらにあちこち気を配りながら進んだ。ファースリイナがいっていた、シリンダー形マシンの向こうの整備通廊が見えるようになった。そこもまたしずかだった。

　これで安心感が増して、歩く速度をあげた。次の出入口を通りすぎたときには、慎重さがすこしゆるんでいた……しかし、ホールを問題なく立ち去れると思った瞬間、それは起きた。

　耳をつんざくような甲高い笛に似た音が響く。鋭く短く鳴ると、すぐにやんだ。わたしは身をすくめた。変圧機のうしろからアルマダ作業工が一体あらわれ、こちらを向く。オレンジ色の防御バリアにつつまれ、工具と武器が結合したアームの一本を長くのばし、向かってくる。どんどん加速しながら。

　わたしはぎょっとしてあとじさり、壁にからだを押しつけた。反射的に武器に手をやるが、抜きはしない。防御バリアがあってはなにもできないと悟ったためだ。ロボットは、わたしもろとも壁を突き抜けんばかりの勢いで突進してくる。

　故障しているのだ！　という思いが意識をよぎった。故障しているにちがいない！

「とまれ！」追いこまれたわたしは大声でいった。「おまえの規定を考えろ！　わたしに損害をあたえることは禁じられている」

＊

　奇蹟が起きた。アルマダ作業工は壁に衝突したように急停止した。のこった運動エネルギーを吸収して回転運動し、高速で自転する。防御バリアが発する光で、顔が熱い。

ロボットは無限アルマダ内部でよく見られる型だった。胴体は周囲にレンズ状の探知・測定機器をそなえた短いシリンダー形で、そこからさまざまな長さの把握装置や触腕状アームがのびている。シリンダーのてっぺんは円錐形の構造物におおわれ、それがロボットに装備されたグーン・ブロックを支える役にもたっている。まさに推進メカニズムであるこのグーン・ブロックを正確に位置調整することで、ロボットは全方向に無制限に走行できるのだ。

ロボットはさらに回転をつづけ、しだいに速度を落としながら、何度もわきにかたむいた。これで、このロボットが本当に壊れているか、すくなくとも一部のプログラム領域に支障があるにちがいないとわかった。おそらく今回の状態は、わたしを救おうとしたせいで生じたのだろう。死への恐怖からのとっさの叫びを聞いて、完全に混乱したのだ。これはチャンスだ。

ロボットはすこしずつおちつきはじめた。軽く揺れながら最後になんとか回転をとめると、わたしの前でしずかに浮遊した。武器アームはまたこちらに向けられている。わたしは神経質になり、こわばった。

「わたしを傷つけることは禁じられている」内心、ひどく緊張しながらくりかえした。

「もし実行するなら、規定違反だ」

危険な賭けだったが、リスクをおかすよりほかに選択肢はない。このロボットのプログラミングがどれだけおかしくなっているのか正確にはわからなかったが、すくなくともこちらはロボットの基本原則を把握していた。でなければ、ロボットは急停止などしなかっただろう。ただし、これはアルマディストを保護する原則で、わたしは周知のごとくそこには属していない。わたしに不足しているものはだれが見ても明らかで、それはロボットにとっても同じだ。原則はわたしにはまったく適用しないと、ロボットは気づいているはずだった。

それでもアルマダ作業工はまだためらっていた。武器アームはおろさず、防御バリアも消えていない……しかし、攻撃はしてこなかった。解決するのが困難なマシン的葛藤のただなかにいるのだろう。これを利用しない手はない。基本原則を強調しつつ、ロボットのプログラミングに矛盾を引き起こさなくてはならない。

「アルマディストに肉体的・精神的損害をあたえることは許されない……そうした出来ごとをアルマダ作業工は許容してはならない」ロボットは一原則を引用した。「この件について指摘しているのですね？」

「そのとおり」わたしはなかば安堵して答えた。「たったいま、突進してきたとき、それを忘れかけていただろう」

「忘れていません」と、ロボット。「ですが、前提条件が合致しません。あなたはアルマディストではありません」

わたしは全身が縮みあがる思いがした。やはり気づいていたのか！　ロボットは、各プログラミングを照合したら、ただちに情け容赦ない処置をとるだろう。目下、わたしは綱わたり状態で、いつ墜落してもおかしくない。だが、議論する余地がロボットにあるぶんだけ、まだいくらか希望はある。勇気を振りしぼり、からだを精いっぱいの大きさの五十四センチメートルにまでのばした。

「もちろん、わたしはアルマディストだ！」断固として主張する。「よく見てみろ！」

ロボットが光学レンズで逐一走査するのを、文字どおり感じる気がした……爪先から頭のてっぺんまで。遅くともそこから導きだされる結果がネガティヴなインパルスを作動させるだろう。そのような分析に身をさらせるだろうか……！

「あなたは勘違いしています」思ったとおり、ロボットはいった。「アルマディストにとって重要な特徴が欠けています」

故障していないアルマダ作業工であれば、そう確認したらすぐにわたしを攻撃し、追放しただろう。しかし、このロボットはわたしの前でしずかに浮いたまま動かない。自分の観察結果に疑念をいだいているようだ。これでいつまでも勝利がつづくわけではないが、すでにわたしは安心しはじめていた。この会話を完結させ、ロボットを納得させよう……どうにかするのだ。わたしは憤慨してみせた。

「ヘルキド人種族を知らないのか？　わたしはその種族の者だ」

もちろん、ロボットは知っているはず！　ヘルキド人の部隊はコルコク人部隊の隣りで、同じ側部セクターにいる。アルマダ作業工は艦外でもさまざまな部隊で活動しているので、かなりの種族の解剖学的構造を熟知しているにちがいない。実際のコンタクトによる知識か、プログラミングによるものかは、このさい関係なかった。

「ヘルキド人は知っています」

「で？」わたしはくどくたずねた。「かれらはどんな姿だ？」

「背が低く、身長はたいてい六十センチメートル以下です」すべてのアルマダ作業工と同じく、このロボットも、細く明るい声でアルマダ共通語を話す。「胴体はまるく、ほとんど球体に近い体型で、頸が細く、頭部は百八十度回転します。目がふたつ、呼吸孔が三つ、唇は厚く、無毛。脚と腕が各二本、それぞれの先端は歩行とものをつかむ目的のため四つに分かれています。無性生殖をし……」

「充分だ！」わたしは延々とつづく説明をさえぎった。「では、わたしがどのように見えるか、いってみろ！」

「まさにそのままです」

「では、わたしが属する種族は？」

「ヘルキド人です」

「ヘルキド人はアルマダ種族だ」

「正しい情報です」

この瞬間、ロボットを納得させられたと思った。内心、勝利をよろこぶ。

「それが明らかであれば、武器をしまってもいいだろう。わたしはヘルキド人で、ロボット基本原則の庇護下にある」

「庇護下にあるのは、アルマディストだけです」ロボットは主張を曲げなかった。

突然の暗転だった。希望が打ち砕かれ、偽の根拠が崩壊寸前なのを感じる。失望と怒りにかられ、わたしは大声でいった。

「ヘルキド人はアルマディストだ！」

「あなたはアルマディストではありません」

堂々めぐりだ！

唯一の希望は、この壊れたロボットがまだ攻撃に出ていない点だった。しかし、それがなにを意味するというのだ。いまにも攻撃に転じるかもしれない。さらに、睡眠ブイにいるのは、われわれだけではなかった。発見されたら、終わりだ。

焦燥、絶望、不安がまじる奇妙な気持ちのまま、ロボットの論理的思考回路を混乱させてみようと思った。熟考する間もなく、文字どおり言葉があふれでた。

「わたしはヘルキド人だ。ヘルキド人はアルマディストだ。だから、わたしもアルマディストだ」

「前提条件が誤っています。あなたには不足する点が……」

「なくしたのだ！」

望みはついえたと思った瞬間、思わずそういっていた。けっして口にしてはならない言葉だっただろう。もっとも愚鈍なアルマディストでさえ、こんな嘘は見破る。

冷たい汗が毛穴から噴きだし、両手はこわばった……

しかし、予想外の展開となった。

「では、あなたは死んでいるのですね」

このロボットの簡潔な言葉に、わたしは最後のチャンスを嗅《か》ぎとった。

「ここで立って、話をしているのに、死んでいるわけがあろうか！」

「死んでいるのなら、アルマディストの印章はなくなります。ですから、あなたは死んでいます」

「生きている！」

「特徴を失っています。なくしたのです。だから……」

「生きている！」

「死んでいて、生きている……」

「印章はないが！」

「あなたは……生きていて……死んでいる……」

ロボットの武器アームがおろされ、オレンジ色の防御バリアが消えたとき、わたしは安堵して叫びたくなった。しかし、声はまったくもらさなかった。

理論で不足していた部分が、軽はずみにいったありえない話によって埋められたのだ。矛盾はロボットにとって解決できないものとして証明され、単純な事実となった。

それは救いを意味していた。

「基本原則は、死んで生きているアルマディストにも有効だ」わたしは念のため確認するようにいった。「だから、おまえはわたしを傷つけてはならない」

「傷つけません」

「よし」間近に迫っていた危機が過ぎ去り、これほどすばやく思考を切り替えられたのは自分でも不思議だったが、あらたなアイデアを思いついた。「おまえの記憶装置には、アルマディストの命令にしたがうという原則は入っているか？」

実際、とほうもない思いつきだったが、すでにロボットを困惑させたのだから、この故障を最大限に利用したい。

「はい」ロボットは答えた。

「この原則も、生きたアルマディストに適用されるのはたしかだが、死んで生きている者にも……」

「もちろん適用されます」

うまくいった！　本当に成功したぞ！

「では、同行を命じる。攻撃されたさいには防御し、わたしの立場を知らない者には状況を説明せよ」

「わかりました」

＊

わたしはこのロボットをユルカンと名づけた。

アルマダ共通語ではなく、ヘルキド人の言語で〝従者〟や〝保護者〟という意味がある。自分の種族に受け入れられるようくりかえし模索し、ヘルキド語を学んでいたころ、ほかの語彙とともにこの言葉を知った。

この体験には苦い記憶が結びついていたが、生きのびるための戦いで必要な基盤にもなった。わたしの青春期には、同胞からの軽蔑が刻まれている。この経験から、異人のなかでもはぐれ者としてやっていくための強さを獲得したのだ。当時、同じ祖先を持つ者たちから追放され、親までわたしの前から姿を消した。わたしは反感と憎悪を、誹謗と孤独と不安を知った……しかし、不屈の精神、自尊心、誇りも学んだ。

無限アルマダにおいてヘルキド人部隊の宇宙船は千隻弱しかなく、ほかと比較するとひどくすくなく見えた。ひょっとするとそれが原因で、かれらは他種族よりも自分たちの伝統をのこしていたのかもしれない。その伝統のひとつが母語だった。そのため、わたしはかつて故郷なき流浪者《るろう》として生きのびようと出発したとき、アルマダ共通語もヘルキド語もまずまずの語彙を習得していた。

ヘルキド語は、ほかの種族のもとではもちろんまったく役にたたなかったが、なぜか感傷的な気分から、何度も引っ張りだしてしまう。それでロボットにユルカンと名づけたのだ。

手にいれたいと思っているアルマダ牽引機にさえも、すでに名前を考えてあった。ヘルキド語で〝自由〟を意味する〝ズテーク〟だ。

自由とは、じゃまされずにどこにでも行けることだと、象徴的に考えたのだ。アルマダ牽引機とは大型グーン・ブロック、つまり推進メカニズムにほかならない。無限アルマダの宙域では、この牽引機が自由飛行しており、必要に応じて呼びよせるようになっていた。とにかく操縦法を学んだら、怪しまれずに思うがまま宇宙空間を飛べるだろう。ただ宇宙服にたよるしかなかったこれまでにくらべ、将来にあらたな展望が生まれる。

しかし、まだそのときではなかった。あとひとつハードルをこえなくてはならず、それはファーストリイナの説明を聞いたときに感じたよりも危険だと明らかになった。

彼女は善意からいってくれたのだが、二十三・九・五十三エアロックの往来がどれだけはげしいか知っていたら、きっとこの出入口はすすめなかっただろう。

雑踏の音がますます大きくなる整備通廊をユルカンとともに進みながら、わたしはそれに気づいた。ここまではじゃまされることなくこられたが、前方で分岐してエアロックにつづくスロープは活気づいていた。睡眠段階を終えたコルコク人たちがアルマダ作業工に案内され、待機中の艦に向かっている。反対に、出迎えを受けて個々の睡眠箱に案内される者たちもいて、遠くからでもひどく入りみだれているように思えたが、それはまさにわたしの目的地で起こっているのだ。

壁によりかかり、深く息を吸った。ファーストリイナからいわれた方法はなんなく実行できると思っていたが、まずは考えを集中し、あらたな状況に対する心の準備をしなくてはならなかった。ただ、時間はかからなかった。睡眠ブイに侵入したさいも同じような状況を体験していて、それは完全に克服できるものだった。

「二十三・九・五十三……」わたしは前を進むユルカンに話しかけた。こちらを待つように浮遊している。「そのエアロックは宇宙船用か、それとも人員用か？」

「人員用エアロックです」

「そこに到着する前に、通信インパルスで開けられるだろうか？」

「可能です」ロボットはいつものように短く答えた。

「で、われわれがハッチを通過したら閉められるか？」

「同じく可能です」

わたしは考えた計画を急いで説明した。うまく不意打ちしなければならない。ユルカンの故障が、暗号化した通信インパルスにはおよんでいないといいが。ハッチの遠隔操作にはなにも問題ないと、ロボットは何度か断言した。さらに、指示にしたがって、事情を知らない者によってわたしが苦痛をあたえられないよう配慮するといった。

それはどうもあてにならない約束に聞こえた。先ほどのロボットの自己破壊的な攻撃がまだ記憶に根深くのこっていたからだ。しかし、ユルカンを信じるほかに選択肢はない。

「では、行こう」わたしは小声でいった。

ユルカンが前を浮遊して進む。あとをついていきながら、念のため武器を抜き、パラライザーにセットした。

「速度をあげろ！」

ロボットは加速し、あとからわたしも急いだ。スロープまであと十メートル。両方向ともコルコク人であふれている。その隙間を縫って進まなくてはならない。

「開け！」

のこり五メートル。通廊の突きあたりの壁に垂直方向の隙間ができて、迅速に開いていく。群衆のあいだから、それが見えた。

スロープにたどり着き、まさに軽業師のようにユルカンは器用に身をくねらせながらコルコク人のあいだをすりぬけ、だれにも触れることなく、すでに充分な幅ができていたエアロックの出入口に到達した。

わたしもそれにならおうとしたが、本質的にロボットより不器用だ。にぎやかな通廊に最初の一歩を踏みだしたときすでに、コルコク人にぶつかられた。引っくりかえりそうになったが、なんとか持ちこたえる。さまざまな声が、雲のようにわいて襲いかかってくる。だれかが大きな声をあげた。内容はわからない。どこからか、ユルカンのかぼそい声が響いてきた。

だれかに気づかれたのだと思い、動揺する。しかし、コルコク人たちは自分のことに忙しく、わたしを攻撃して行く手をはばもうとする者はいないようだった。なにも考えずにわたしは走りつづけ、だれかの巨体にぶつかった。はげしい痛みが肩をつらぬいたが、とまらずにハッチの出入口によろめきつつ向かう。ユルカンが待っていた。だれも聞いていなかったが、〝死んで生きているアルマディストにも肉体的な損傷を受けずにいる権利があるのです〟と、宣言している。

「閉めろ！」わたしは大声でいった。

エアロック室までよろよろ歩き、まっすぐ倒れこんだ。懸命に銃をにぎりしめ、追跡されていた場合にそなえて、防御行動がとれるようにする。しかし、コルコク人の声はすでにちいさくなっていた。ハッチの両扉がスライドして閉じ、鈍い音をたてた。外の音が聞こえなくなる。

「負傷しましたね」ユルカンが気づかうようにいった。

「たいしたことはない」
二、三カ所、軽い打撲傷を受けたくらいだろう。でなければ、もっと痛みを感じるはずだ。わたしはまた立ちあがり、武器をしまった。
「急げ！」アルマダ作業工に呼びかける。「空気排出、外側エアロック開放！ ヘルメット・テレカム、セット！」

ロボットが宇宙服の通信装置でわたしと意思疎通できるのか、むだに悩みはしなかった。ヘルメットを閉めて、エアロック室内部の気圧が急速にさがるのをしめす表示装置の目盛りを見つめた。空気は排出された。このときようやくわたしは失敗に気づいたが、すでにあともどりするには遅かった。

「ユルカン……？」おそるおそる声をかける。「聞こえるか？」

応答がない。

ヘルキド語ではげしく悪態をついた。ロボットではあったが、やっと話ができて助け合う仲間ができたのに……軽率だったせいで、また孤立してしまった。わたしのテレカムが送受信する周波を、ユルカンが知っているはずがない！ 特別な指示を出さなくてもロボットがそばにいて、すでにくだした命令を守りつづけてくれるよう願うだけだ。

外側ハッチがゆっくり開き、四角く切りとられた真の暗闇があらわれた。エアロック室が照明で明るいだけに、ますます危険で冷たく見える。視覚的な印象とそこで生じる感情についてはよく知っていたが、最初の瞬間はいつもそれと戦うことになる。

縁に歩みより、ためらいながら、睡眠ブイの外壁に足を一歩踏みだした。壁はエアロック室の床からだと垂直に落下していくように見える。実際は無重力のため、わたしが漂流するのを防ぐのは、特殊な皮膜処理をした吸盤だけだ。かるく目眩がしたあと、からだはすぐに状況に順応した。意識は、睡眠ブイの壁を水平な底面、ハッチの出入口を深い穴としてとらえるようになった。ユルカンがあとから漂いでてきた。ハッチが閉まり、出入口の明るい四角形が細くなっていき、消えた。

ファースリイナの説明どおり、アルマダ牽引機はわずか数メートル先に係留され、光点に満ちた背景のなかで、黒っぽい丸太のように浮かびあがっていた。

睡眠ブイのなかでは、もっぱら徒歩で移動しなくてはならなかった。わたしの宇宙服には反重力プロジェクターがついていないからだ。しかし、この宇宙空間では、反動の原理にもとづく通常エネルギーの推進装置を使用できた。片手を頭上で動かして、ユルカンについてこいと合図する。浮きあがり、慎重にアルマダ牽引機をめざした。

サイズは中くらいで、八メートル×五メートル×八メートル程度だ。その長辺に接近すると、不快な気分に襲われた。最初にグーン・ブロックをわがものにしようと試みたとき……それは何年も前の話だ……あやうく命を落としかけた。認識センサーが作動していて、偽アルマディストと特定されたら、どうなる？　ファースリイナが思い違いをしていたら？　今回はおそらく以前よりも大過なく逃れられるということはないだろう。

しかし、なにも起こらなかった。じゃまされることなく牽引機の外壁に到達する。突然、感激と焦燥の感情が同時にこみあげた。それは、この飛翔装置を自分のものにして、憎むべき全アルマディストの裏をかきたいという、切迫した欲求だった。もう待てない。

急いで壁にそって、乗降口とそこを作動させるスイッチを手で探した。なにも見つからない。目の前にそびえるブロックは、ひたすら滑らかだった。

ひとときの幸福感が苦しい不安に変わった。のこる三つの面のひとつにハッチがあったとしても……手動で作動させる方法はないのではないか……？　勇気はかき消え、失望と無気力にとってかわりかけた。

このとき、隣りにユルカンがあらわれた。わたしのヘルメット・ランプの光の輪のなかに入ると、一瞬とどまり、またはなれていく。目で追うと、ユルカンはアルマダ牽引機の縁の向こうに姿を消した。

すぐにまたわたしは集中した。ロボットは、わたしの望みがわかっているのだろうか？　故障しているにもかかわらず、わが計画をおぼえていて、論理的な結果にもとづいて行動しているのか？　出入口を見つけて、開いたのだろうか？

不安になってあとを追い、ブロックの周囲をまわった。横の面に、平たいレンズ形の膨らみがあった。情報が正確なら、そのうしろに操作エレメントと、乗員がいる場合にそなえてキャビンがある。通常は自動操縦だが、アルマダ牽引機にはすべてこうしたコクピットがそなえられていて、必要に応じて乗員が操作できるようになっているのだ。

しかし、この壁面にも出入口は見あたらず、ユルカンはすでに反対側に消えていた。急いで追いかけて飛び、見失わないようにする。縁を曲がると明るい光がこぼれているのが見えた。

ユルカンがやったにちがいない。

乗降口だ！

この瞬間に感じたよろこびは筆舌につくしがたい。ヒステリックなまでに感激しながら、反動装置を作動させ、出入口に向かった。文字どおり、なかに飛びこむ。人工重力によって引き落とされ、思いきりからだを打ちつけて、でんぐりがえった……反動装置の噴射を急いでとめる。まにあわなかったならば、はげしく回転しながら内側ハッチにたたきつけられることになっていただろう。

外側エアロック・ハッチが閉まり、空間が呼吸可能な空気に満たされると、わたしはぼんやりしながら立ちあがった。軽率な行動によって墜落したことで、すぐに興奮は冷めた。あちこちの骨がひどく痛む。からだは痣《あざ》だらけにちがいない。きっと、青い液体を浴びたかのような姿だろう。

しかし、こうして手にいれた重要な成果にくらべれば、それがなんだろうか！

歯をくいしばり、宇宙服のヘルメットをうしろに押しやった。ヘルメットは自然にたたまれて襟もとにおさまる。目の前では、ユルカンが微動もしない状態だ。声によってふたたびわたしと意思疎通できるようになるのを待っていたようだった。

「また負傷しましたね」と、とがめる。

わたしは苦痛を無視しながら、かぶりを振った。

「今回もたいしたことはない」

「わたしの任務は、あなたの死んでいる命を守ることです。あなたが常軌を逸した行動で命を終えようとしていては、わたしはどうすればいいのですか！」

「おちつけ！」わたしはいった。ロボット内部のポジトロン回路にとって、これほどそぐわない要求はないとわかっていたが。「それより内側ハッチを開いて、コクピットに案内してくれないか！」

ユルカンはそれ以上なにもいわずにしたがい、アルマダ牽引機の短い通廊を通り、乗員のための休憩室への経路を教えてくれた。だれもいない。これもほとんどのグーン・ブロックと同じく、自動操縦だからだ。

操縦コクピットは居住用キャビンから直接つながっていた。なかに入ると、心地よい明るさの照明がついた。

「アルマダ牽引機のあつかい方を教えてくれ」わたしはいった。「全テストにそれほど時間はかけたくない」

ユルカンはやりとげた！　半時間後には、わたしは操縦装置を熟知していた。グーン・ブロックの係留を解除し、コルコク人の睡眠ブイから飛び立たせる。

要するに、わたしは二重の勝利を手にしたのだ。

まず、故障したアルマダ作業工。この助手はどうやら信頼できる味方のようだ……

そして、ズテークがわたしのものになった……！

5　現在へのスポットライト

エーナ・ネジャールスがファースリイナとの出会いとそれからの出来ごとについて、よく思いだすのには理由があった。それ以前にも以降にも、かれにはそれに匹敵する体験が一度もなかったからだ。

コルコク人種族については、いまもまだ概して謎だった。遭遇してきたほかの種族とは違い、エーナの外見にだれも大きな反応を見せないのだ。攻撃したり追いかけたりせず、抵抗するような行動もしめさなかった……かれが睡眠ブイに侵入したときも、また逃げだしたときも。この巨大な生物は自分たちのこと以外に興味はないようで、その関心はもちろん、ただトリイクル9だけに向けられていた。こうしてかれらは特殊な地位を占めており、ほぼ理解不能な気質によって、無限アルマダではきわだっていた。

エーナはファースリイナによって、あとには経験したことがないほど認めてもらい、援助され、献身的支持を受けた。彼女の力があってこそ、アルマダ牽引機を獲得でき、それによって行動の自由を得て、故郷のかわりのような場所も手にいれられたのだ。

ステークにより、はぐれ者の生活はいくらか耐えやすくなった。どこかの宇宙艦船内でつねにかくれつづけるゲームは終わったのだ。追跡と逃亡は食糧品を調達するために出かけるときだけのことになり、そのほかは、軽蔑しか感じない行為にたよらずにすんだ。

コルコク人のもとで衝撃の体験をして以来、エーナは無限アルマダの辺境へ到達するという目的を徹底的に追求していた。それでも、そこに到達するまでには何年も要した。無数の艦のあいだを抜けて操縦したが、慎重なやり方では、外へ向かうのか内へ向かうのか動く方向を定める方法は見いだせない。結局、運まかせで飛行し、通常航行以外の、リニア空間やハイパー空間を使うことは安全上の理由から避けた。アルマダの宙域は広大で、通常航行はひどく時間を浪費する要素になった。

ようやくシグリド人部隊の側部セクターに到達したのは、ちょうどトリイクル9が発見され、数世代にわたって探していたものがもっとも不名誉なかたちで悪用されたという事実に直面することになった、騒然とした日々のことだった。あちこちでまさに大騒ぎが起きていた。

ヘルキド人にとって、それはうってつけの状況といえただろう。いずれにしろ食糧の蓄えはつきかけており、補充の必要があった。この機会を利用して、興奮したシグリド人の艦に盗みを働きにいこうと決意した。

そこで聞いた話から、めったに味わえない興奮を一瞬で味わうことになったのだ。シグリド人が異人の艦一隻を発見し、拿捕したらしい。

その艦内に、自分のような者がいるというのだ。

アルマディストではない者。

自分と同じように社会的に追放された者たちと接触する機会はほとんど皆無に思えていた。だが、偽アルマディストの艦への侵入に成功すれば、隠者のような生活をようやく終えて、志を同じくする者の社会を見いだせる。

エーナはこの展望に勇気づけられた。ズテークへもどり、早く捜索したくてたまらない。

荷物をいっぱいに詰めた背嚢を背負ってベルトを締め、歩きはじめた。かりたてられる思いで急いでいたが、もっとも重要な予防処置は忘れない。慎重に周囲を見まわし、几帳面《きちょうめん》に耳をすます。スロープや交差点にさしかかると、ようすをうかがって立ちどまり、足音や声を聞くと、物陰やあいたキャビンにかくれた。

こうして気づかれることなく前進した。ほとんどのシグリド人がトリイクル9の異常にショックを受けて、よほど必要がある場合にしかキャビンや休憩室をはなれなかったのも都合がよかった。通廊の大部分は死にたえたようで、エーナはほとんどなんなくズテークが係留するエアロックのそばに接近できた。

あと二十メートルのところで、前を通過しなくてはならないドアのひとつが開いているのが見えた。きたときには、たしかに閉まっていた。歩みをゆるめ、きわめて慎重に進んでいく。声が響いてきた。一メートルごとに声は大きくなり、内容もわかるようになっていく。かれが通ったあとにキャビンに入ったシグリド人三、四名が熱心に議論しているようだ。

会話に夢中になっていて、ドアの前を通るのを気づかれないといいが、と、エーナは願った。エアロックに到達するためには、ほかに選択肢はない。身をひそめながら向かいの壁ぞいを、速すぎず遅すぎず一歩ずつ前進する。無意識に前かがみになっていた。

シグリド人の話の一部がはっきり聞こえた。トリイクル9の話題らしい。当然だ！　ほかになにを話し合うというのか！　この数日間、それよりも重要なテーマなどない。

エーナはたびたび思案したもの。無数の個々の生物からなる種族の群れ全体を、どうすれば何千世代にもわたって共通の目的に向かわせつづけられるのか、と。推論を重ねるが、明らかな答えはまったく見つからない。もっとも可能性が考えられるのは、遠い過去のいつか、代表的なアルマダ種族の遺伝情報が持続的に修正されたという説だった。この場合、トリイクル9に対する欲求はまさに肉体的特徴と同様に引き継がれていくだろう。そして自分のように、共通目的になんの意味も感じない者たちが、突然変異として生まれるのだ。ひょっとして印章船は、修正された遺伝情報の伝達を管理する目的のためだけに使われている可能性もある……だからアルマディストの印が自分にはないのかもしれない……

一方、望みどおりの結果を得るため、どれだけ多くの個々の生物が遺伝上の修正を受ける必要があったかと考えると、この説はまさに不合理にも思えた。莫大なコストがかかり、実現不可能だ。

あるいは、まったくべつの答えもありうる。自分の考えを却下するといつも、そのことが頭に浮かんだ。それはあまりに当然で……あるいは、あまりにこじつけのようで、計算にいれなかったものだが……

「おい……！」興奮した声が休憩室から響き、エーナはわれに返った。「みんな、見たか？」

「もちろんだ！」と、べつのシグリド人。「いまのはだれだ？」

「アルマダ炎がなかった！」

エーナは走りだした。

もはや慎重さは必要ない。発見されたからには、躊躇《ちゅうちょ》なく追いまわされる。捕まる前にエアロックに到達しなくては。

うしろで銃声がした。エーナは走りながら身を低くして、滑らかな床をすこしスライディングした。同時に銃を抜き、からだをまわすと、照準を定めずに撃つ。

パラライザーのビームは狙いをはずし、宙をうがった。エーナは立ちあがり、よろめきながら先を進む。ふたたび一シグリド人が銃撃してきて、ビームがからだをかすめた。左手から肩をへて頭上までしびれがひろがる。

あと六メートル、五メートル、四メートル……

ハッチが開いた。エアロックからユルカンが漂いでてきて、武器アームをのばし、嘆くように大声でいった。

「やめなさい、無知な者たち！　この者はアルマダ炎を失って死んでいますが……それでも生きているのがわからないのですか？　なぜ、死んで生きている者を銃撃などできるのですか！」

ロボットの狙いは非常に精確だ。それを知っているシグリド人たちは立ちどまった。ただし、ユルカンがどこかおかしいとは気づいたようだった。

「死者のために、りっぱに働いているのか！」ひとりが嘲笑する。

「かれは、死んで生きているのです！」ユルカンは主張した。

エーナは、エアロック室へ急いだ。息を切らして立ちどまり、過敏になった神経をしずめようとする。シグリド人たちがこのままロボットと会話をつづけたら、数年前にエーナが似たようなやりとりで達成したのとは反対の結果が生じるかもしれない。このアルマダ作業工はよく考えたすえ、刃向かってくるだろう！

「生きているか、死んでいるかだ。ふたつの状態の両立など、ありえない」

「まさにありえたのです。わたしの友は、死んで生きている実例なのです」

「ユルカン！」エーナは大声で呼びかけた。「もどってこい！」

「おまえはだまされている！　われわれにはアルマダ炎があるが、あいつにはない」

「その理由は……」と、ユルカン。

「おろかな！　おまえは故障していて、現実を見誤っている」

「わたしが故障しているなら、なにかを見誤ることもできません」

「ほら、自分がおかしなことをぺらぺら主張していると、わかるだろう！」

「おかしなことと正しいことは両立しないわけではありません。どちらも故障の兆候ではありません」

どうにかしなくては！　エーナは絶望した。ロボットが議論にくわわるなど、まさにとんでもないことだ！　いい結果になるはずがない！

「ユルカン！」と、せきたてる。「もどれ！」

「偽アルマディストの話を聞くな！」いまはシグリド人も声を張りあげている。「おまえは故障している！　スイッチを切るのだ！」

「もどれ……もどれ……」と、ロボット。

「スイッチを切るのだ！」

「もどります！」

ようやくユルカンは決心した。

エーナにしたがうのだ、と！

エアロックへ浮遊していき、ハッチを閉めるためのインパルスを送り、攻撃してきた者たちの動きを封じた。左右の壁から重い圧力プレートが滑りでてくる。

このときシグリド人の一名が自制心を失った。すばやくブラスターを抜き、発射する。しかし、ユルカンのポジトロン回路のほうが生物の意識を凌駕《りょうが》しており、相手よりもほんの一瞬速く反応した。引き金を引こうとした攻撃者を、パラライザー・ビームがとらえる。

シグリド人はとたんにからだが麻痺して倒れた。銃を発射したが、ビームは的に命中することなく、うなるような音をたてて通廊を走り、塗装された天井をうがつ。天井はまるく焼け焦《こ》げ、はしのほうが溶けて滴《したた》り落ちた。そしてビームが消えた。

もうひとりのシグリド人は動けない。ユルカンはまた後退し、閉じていくハッチのあいだを浮遊しながらすりぬけた。圧力プレートが両側から閉まり、エアロックは密閉された。

エーナの安堵感は大きかった。緊張が吐息の音とともにとける。自分を追いつめるために、シグリド人が無分別な行動に出て、ハッチを銃で破壊するとは思えない。これから外側ハッチが開くと、予想しているはずだ……亀裂が生じれば吸引作用と圧力低下が生じて、自身たちとともに多くの仲間が命を落とすことになる。

ヘルキド人は無言で頭にヘルメットを装着した。数年の協働作業で、ユルカンとは完全に息の合ったチームとなっていた。ヘルキド人が盗みを働きにいくさいには、アルマダ作業工はエアロック室の前で待機して、必要な場合はきょうのように背面援護をする。今回もこの戦術は成功した。

いま、ユルカンは、計画されていたかのように退却するため動いていた。ズテークは外側ハッチのすぐそばに係留されていて、不釣り合いなコンビは、まもなくそこについた。ズテークがシグリド艦からはなれて、その間にべつの部隊にもぐりこんだときには、このずうずうしい侵入者について、おそらくまだ報告すらされていないだろう。

アルマダ牽引機のコクピットで、エーナ・ネジャールスはくつろいでシートにもたれ、目を閉じた。思考はすでに、どこか近くで拘束されている、ほかの偽アルマディストたちのもとにある。

「すぐにすべての通信を盗聴する。これまでのようにときどきではなく、常時おこなうのだ。シグリド人に拘束された球型艦についてのヒントが必要だ。位置がわかりしだい、そこに向かう」

「べつの提案があります」ロボットの返事にエーナは驚いた。これまでユルカンが、自分で構想したアイデアにもとづく指図などしたことがない。いま、それが起きた。「わたしはあなたを守るよう命令され、それにしたがってきました。しかし、きょう、あなたが危険な状況におちいって、わたしがそばにいても襲われることがあるかもしれないとわかりました。この危険は任務と相反します。わたしはそれに耐えられません」

エーナは唖然としすぎて、この説明をすぐにのみこめず、ゆっくりたずねた。

「で、どう対処したいんだ？」

「あなたが生命の危機におびやかされるのは、アルマダ炎を失ったことが原因です」と、ユルカン。「ですから、印章船を探し、あらたな炎を入手しましょう」

やっかいな虫に刺されたように、エーナは飛びあがった。

「なんとばかげた提案だ！」

「あなたは死んで生きているアルマディストです」ロボットは、誤ったポジトロン論理で説明した。「だから、アルマダ炎を得てしかるべきです」

ヘルキド人は動揺した。シグリド人たちがとっさに短くかわした会話で引き起こしたことが現実になりはじめている！　注意していないと、思いもしないうちにユルカンをきびしい敵にまわしてしまうかもしれない。

「死者はアルマダ炎を持たない」自暴自棄な気分でいった。

「生者は持っています」

「わたしは生者ではない」

「でも、あなたは生きている……それとも、死んでいるのですか？」

エーナはもはや打つ手がないと思い、大声でいった。

「命令だ。いまの提案は消去しろ！　印章船へは行かない！　球型艦を探すのだ！」

こうして命じることで、これまでの数年間、この壊れたロボットとともに達成してきたことをすべて危険にさらしていると自覚していたが……かれは勝利した。

「承知しました」ユルカンは紋切り型の返事で、同意をしめした。

それでもエーナはおちつかなかった。ロボットとの協働作業の基盤が、いかにももろいか見せつけられたからだ。ちょっとしたきっかけで崩壊しかねない。最初の疑念が浮かびあがった。ユルカンがいつか……操作されるか、なにかほかの原因で……自分の提案に固執することになったら、忠実さは攻撃にとってかわるだろう。

というのも、ヘルキド人はアルマダ炎を失ったわけではなく……一度も所有したことがないからだ！

そして、アルマダ印章船にも、とっくに乗ったことがあった！

6　過去の閃光

一秒ごとに距離がひろがっていく。息をのむような壮麗さはそのまま、それは靄のなかに消え、宇宙の塵《ちり》の縞《しま》模様の向こうに溶けていった。

エオンディク・トゥー……すなわち、アルマダ印章船だ。

わたしは二度とここへくることはないだろう。それは永遠に到達できない、まさに想像のもとの伝説でありつづけるのだ。

それはかつて、最高に甘美な夢と幸福をわたしに期待させ……この生涯にきわめて苦くつらい失望をもたらした……

＊

おまえはこの巨大な浮遊階段に立っている。危機と苦難をくぐりぬけ、ここにようやくたどり着いた。ここで起きるべきことをわかっており、それを待っている。

数多くの宇宙艦船が離発着し、あるいは係留され、アルマダ作業工が群がっている。

新生児や小児、また成人の一部も船から降ろされ、巨大な門へ導かれる。門の輪郭は、すべての願望の実現を約束するかのように靄のなかで輝いている。そこからもどってきた者たちは頭上に、アルマディストの証明となる光の玉をいただいている。

しかし、おまえは立ちつくしたまま、待っている。

周囲はおまえのかたわらを通りすぎていく。だれもおまえを気にせず、エオンディク・トゥーの内部へ導いてくれる者もあらわれない。

しかし、追放されることもない。まわりに敵意は見られない。ただほうっておかれ、待たされる。だれの目にもとまらない。

おまえは何者でもないからだ。

なによりも耐えがたいことだった。おまえは攻撃され、追放されてもよかったし、アルマディストの地位を得る権利はない、印を持つことはできないといわれてもよかった……そうすれば、おまえは防御したり、逃亡したり、抵抗したり、懇願したりできただろう……

しかし、おまえはそこに立ったまま、待っている。まるで存在しないかのように。

＊

これ以上ひどいことがあろうか！　それより以前の若いころ、これほど苦痛を感じる体験をしたことはなかった。実際、なんと孤独で無意味な存在だったことか。無限アルマダ内部で、わたしは最低の機能をはたすこともできない、まさにじゃま者だった！数えきれないほどの者たち、無数の個々の生物のなかで、完全にひとりだった！

それまで、すくなくとも自分には存在する権利があり、さまざまな侮蔑は受けても生きることができる、自分ではわからないが生きる意義をはたしていると思っていた。自分があらわれることで起きる混乱やセンセーション、攻撃的反応について、勘違いしていた。

このアルマダ印章船にきてはじめて、わたしは誤りを悟った。

公式にはわたしは存在しないのだ。

わたしは何者でもなかった。

この識別に胸が締めつけられた。侮辱され、傷つき、あざむかれた気分だった。頭のなかははてしない虚無に食いつくされ、魂は荒れ狂うような痛みに悲鳴をあげた。

恐ろしい数分間、突然、かすかに親を理解できた気がした。親はわたしとともにエオンディク・トゥーを訪れ、無為に待ちつづけ、とうとう自分の子にアルマダ炎が授けられないとわかったとき、似たような気分を感じることになったのではなかろうか？　どれだけひどい屈辱をかれは感じただろう！

あとになって、親に拒絶され追いだされたことが、わたしには受け入れられなかった。

しかし……オルドバンにかけて！　いまなら理解できる。

みじめな気分でよろめきながら、密航者として乗ってきた船にもどった。前後左右に若いヘルキド人が乗っていたが……全員、頭上にむらさき色に光る印をいただいていた。かれらはアルマディストだ。わたしは何者でもない。

暗い空間にもぐりこみ、スタート目前だと告げている機械音に耳をすました。いつかこの経験を乗りこえられるのか、わからない。宇宙船がゆっくり階段から離陸していくようすを想像した。

エオンディク・トゥーをあとにして……伝説は永遠に失われた。

7　現在の光

　四本腕の巨体は、騒々しい音をたてながら司令室へ急いでいた。キャビンの中央で立ちどまり、思いきりからだを起こし、赤く燃えあがるような目で周囲を見まわし、恐ろしい歯をむきだした。

「こんなあつかいを、いつまでもがまんできない！」大声で文句をいう。「外に出ていって、かれらに礼儀を教えてやる！」

　声にこもる怒気が太古世界の雷鳴のように、司令室じゅうに響いた。どこかでガラスが振動音をたて、乗員たちは耳に手をあてたり、苦しそうにうめいたりしている。

　ただ、艦長だけは平然としていた。苦労しながらも表情を変えることなく、巨体をからかうようににじろじろ眺める。たったいまとどろいた嵐のような声のあとでは、艦長の言葉はそよ風のようだった。

「いったいなんです？　衝動洗濯ですか？」

　いまようやく巨体は、自分が性急に登場したことでなにが起きたか気づいたようだった。申しわけなさそうに外側の両腕をあげる。

「わが子供たち！　タンワルツェノス！」今回は思いやりのこもった、ハルト人の概念ではささやき声でいう。人類の概念ではどなり声だったが。「きみたちを驚かしたかったわけではないのだ」

艦長に向かって二歩進み、かれ流のやり方で好意をもって両腕をからだにまわそうとした。タンワルツェンはあとじさり、拒否するように両手をのばす。

「もういいです！　われわれは寛大だから、今回のことは許しましょう。ひょっとすると、次はわれわれのからだのこともいくらか考えてくれますか」

相手が立ちどまったので、艦長はほっと息をついた。ハルト人は同意をしめすような距離をたもち、応えた。

「努力しよう」

「ありがたい」タンワルツェンは愛想よくうなずき、すぐに真顔になった。「で、なにをするつもりです？」

イホ・トロトは即座に床に腰をおろした。どんな成型シートも、かれの体重を支えきれず壊れてしまうだろうから。

「われわれ、六週間前から拘束されている」トロトはいった。「包囲され、威嚇《いかく》されている。妨害インパルスにより、あらゆる通信網が遮断された。艦には奇妙なエンジン・

ブロックがとりつけられ、独自の操縦を妨害されている」

「どれも目新しい話ではありませんが」タンワルツェンが話をさえぎった。「それがどうしたので？」

「なにも起こらない」ハルト人は密約でもするようにひっそり話をつづけた。いまは、本当に小声になっている。「相手はこちらを支配下においているが……それだけだ。われわれに接触しようとせず、攻撃もせず、ただしずかに待っている。なにを？」

「命令でしょう」タンワルツェンが推測した。

「そのとおり。このとほうもない規模の艦隊における複雑な機構のなかで、われわれに関わっている者たちが持つ力はわずかだ。すべてをまとめ、広大な枠のなかで制御している者がどこかにいる。その者の指示がなくては、異人への対応は明らかにほとんどなにも進まない。すくなくとも、決定的なことがらについてはなにも」

「それは推測です」艦長が疑うように話をさえぎった。「べつの理由があって、躊躇しているのかもしれない」

「その点についても考えた。だが、わたしの説のほうに、より真実味があるぞ」

イホ・トロトは半球形の頭を独特なやり方でたたいた。このしぐさでなにがいいたいのか、その意味をタンワルツェンはよくわかっていた。ハルト人は周知のように、ふたつの脳を使う。ひとつは高性能のコンピュータに比せられる計画脳で、従来のポジトロニクスに匹敵し、ときにはそれを凌駕する。トロトがなにか主張する場合、それは非常に筋が通っていた。

「わかりました」と、艦長。「あなたの推測が正しいと仮定しましょう。しかし、あなたがいかにそれを利用しようとしているのか、まだよくわからない。まさか、その謎に満ちた指導者を探すつもりですか……？」

ハルト人は哄笑《こうしょう》するかのごとく口を開けた。しかし、すんでのところで繊細なテラナーの耳に配慮すると、がまんして、ほくそえむだけにした。はてしない規模で展開する、まさに無限の大艦隊の中心をなす司令本部を探しだすなど、想像するだけでおろかしい。

「相手の真意を探らなくては」トロトはいった。「《プレジデント》に関していえば、かれらはおそらく、これからどう行動すべきかわかっていない。ただ指示を待っているのだ。この状況から、ちょっとした騒動を演出する方法が浮かんだ。わたしは逃走するぞ！」

タンワルツェンは驚いて目を見開いた。

「どうかしている！　命とりになりますよ」

「かならずしもそうではない。逃走の試みに気づいたら、かれらはまずどうすべきか、安全をはかり内部で確認をとるだろう。中央から相応の指示がくだるころには、わたしはとっくに逃げおおせている」

「あるいは、艦から一キロメートルもはなれないうちに攻撃されるか」艦長は断固として主張した。「かれら、あなたがいうような優柔不断さは、今回は見せませんよ！」

イホ・トロトは慎重に腰をあげ、三つの目をパノラマ・スクリーンに向けた。

「だからこそ」と、ゆっくりいう。「先にかれらをそれなりに混乱させるのだ。だれも乗っていないトップサイダーを数機、飛ばし……」トロトは大げさな身振りで急速に作業アームを突きだすと、スクリーンをさししめした。すぐそばにある宇宙船の群れが立体表示されている。「この方向だ！　どまんなかに突っこむ！」

司令室の男女はこの会話をもちろん緊張して聞いていたが、いまは一部が熱心につぶやいたり、うなずいたりしている。

無限アルマダの思いもしない出現、《プレジデント》の拘束、退屈な待機、無数の未知船の不安をかりたてるような光景……これらすべてが恐ろしい精神的負担となって鬱積し、はけ口は見つからない。

遠くない距離に、テラと宇宙ハンザと銀河系の部隊で構成された船団が探知されて以来、多くの乗員の精神状態は不安定になっていた。仲間の部隊がすぐそこにいるのに、到達できない……通信が妨害され、アルマダのエンジン・ブロックによって加速力が無効化されているからだ。

この数週間で、数名の乗員が神経虚脱状態におちいったり、喧嘩をはじめたりしていた。破壊衝動にとらわれ、艦の設備を壊す者まで現われた。雰囲気が悪化している。艦長のタンワルツェンを筆頭とする幹部クラスの者たちの慎重さのおかげで、これまでなんとかカタストロフィは回避してきたが。

この張りつめた状況で、イホ・トロトの突然の積極的な動きは、長いあいだ待っていた合図のようだった。ようやく、行動する者があらわれた。ことが動いたのだ！　退屈な待機状態は終わりだ！

ハルト人の宣言によって、司令室は急に熱狂の渦につつまれた。根本的には自殺的計画なのに、同意をしめす覚悟が大きくひろがる。艦長だけが、この感情に与《くみ》しなかった。

「かれらがどう反応したっていい」イホ・トロトはつづけた。「命令を待つか、トップサイダーを追跡するか、あるいは攻撃してくるか。いずれにせよ、注意がそらされる。そのときを利用して、わたしが……」

「わかっています！」タンワルツェンは立腹してさえぎった。「そこであなたが登場し、べつの方向に驀進《ばくしん》するわけだ！　なんとかんたんに聞こえることか！」

ハルト人はおもしろそうににやりとした。

「よく考えついたな、わが友よ！　運がよければ、フロストルービンで待つ銀河系船団にたどり着き、すくなくとも、われわれがまだ生きていると知らせられる」

艦長は唇をかみしめた。イホ・トロトが自説を心理学的に巧みに披露したとわかったてしまった。

もちろん、司令室で最後まで疑っていた者までハルト人の味方につけていたはず。しかし、銀河系種族によって動員された船団ではだれも、どんな運命が《プレジデント》を襲ったか知りえない。殲滅《せんめつ》されたか、到達できない場所に拉致《らち》されたと思っているはず。しかし、無限アルマダの周縁部にいるとわかったら、すくなくとも解放のための行動に出ることをだれも躊躇しないだろう。成功するかどうか、きわめて疑わしいが……展望が生まれただけで、確信の気持ちが膨れあがる。

それでも艦長にとって、まだ危険は大きかった。

「まさにうまいことをいいましたね、トロトス。〝運がよければ〟だ！　あなたは実際、異人のことを、なんと無邪気にとらえていることか！　無限アルマダの圧倒的な優位さを考えてください！　かれらに戦略がないとでも？　いっておきますが、あなたはかれらに捕まる……そんなことは認められません！」

「それは計算ずみだ」イホ・トロトはしずかにいった。「チャンスは充分ある」

タンワルツェンはあきらめた。ハルト人をとめることはできないだろう。自分に命令権はないからだ。イホ・トロトがテラ艦船で飛ぶときはいつでも、無制限の行動の自由を堪能し、自分のことだけに責任を負っている。それでも艦長はトロトの意志を変えようとした。もちろん説得できるほどの効果はないが。

「認められません」艦長は主張した。「ここにとどまってください！」

「行く」

「では、わたしの死体を踏みこえていくことになりますよ」

イホ・トロトは一歩詰めより、歯をむきだした。

「そうしなければならないなら……」

だれかがひかえめに咳ばらいした……つづいて、数週間も鬱屈していた緊張がとけ、多くの大きな笑い声になった。

＊

エーナ・ネジャールスは、鼓動がはげしく打ちはじめたのを感じた。両手も興奮で震える。

走査機が明らかな映像を描きだしていた。球状の物体、直径二百メートル。外側には数基のアルマダ牽引機が装着され、シグリド艦にほぼ完全に包囲されている。

どれだけのあいだ、これを探しもとめてきたか、ヘルキド人には正確にわからなかった。二週間前後だろうか。時間の経過を知る機会はほとんどなかった。トリイクル9の発見でシグリド人はつねに警戒態勢にあり、エーナはとくに慎重を期すことが得策と考えた。同時に、偽アルマディストたちの現在ポジションについてのヒントを得るため、ズテークのアンテナに入るすべての通信を例外なく傍受する。休息をとる数時間は機器に記録させて、あとからチェックした。

とにかくつねに注意深くいることが必須だった。最終的に通信で得られたいくつかの指示から、全体的な航行の方向を特定し、それにしたがって進んだ。アルマダ第一七六部隊を一キロメートルごとにゆっくり捜索し、シグリド艦を迂回し、ズテークを……たいていの場合のように……任務がなく出動にそなえているアルマダ牽引機として注目されない状態であるよう見せかけながら、そのあいだをすりぬけた。

正確にはわからない時間が過ぎたあと、スクリーンに走査映像があらわれた。その意味するところはひとつで、神経を尖らせることになった。

シグリド艦の構造のおもな特徴は、艦首方向に湾曲した展望ドームのあるタンク形胴体と、そこからのびた……タイプや大きさは異なるが……四本のシャフトにあり、シャフトの先にはグーン・ブロックが装備されている。ところが、走査機がとらえたこの物体は、単純な球型だった。ほかの部隊のあいだで異物のように見える。

これにちがいない！　エーナは考えた。

「これだ」と、口に出す。

「ふつうでない宇宙艦です」ユルカンは淡々といった。「ですが、最適な構造です。球型のため、さまざまな媒介物に対して、任意の位置でつねに最低限しか抵抗がありません。純粋に数学的に見れば、その意味は……」

「そんなことに興味はない！」ヘルキド人はいきりたった。「われわれ、死んで生きている者の宇宙艦を発見したのだ！　そこが重要だ。あとはどうでもいい！」

偽アルマディストについて話すのは意図的に避ける。ユルカンの連帯感を軽々しく危機にさらしたくなかったのだ。

熱っぽい視線で、走査機の復元図を観察する。ズテークが向かう宙域はしずまりかえっている。シグリド人はふつうでない艦を拘束し、乗員を待機させるだけで満足しているようだった。武装して対決する徴候は見られない。アルマディストの圧倒的な力に対して、異人はなにもできないだろうが。

エーナ・ネジャールスにとって、望みうるかぎり好都合な条件だ。

「この者たちを訪問しよう」と、告げる。「われわれの標準のやり方にならって前進し、ズテークをかれらの艦の外殻に係留する」

ユルカンは異議を唱えなかった。沈黙によって、同意を伝える。

ヘルキド人はシグリド艦二隻のわきを通り、ズテークを球型艦に接近させた。高まる期待に、内心では動揺している。これまでの生涯で失望つづきのあとに、ほかの偽アルマディストに出会えるとは思いもしなかった。しかし、いま失望は終わり、かれらに向き合えるのだ！

計画がじゃまされる可能性など、みじんも頭に浮かばない。未知艦にすでに係留されているたくさんのアルマダ牽引機のそばを飛んでも、まったく気づかれることはないだろう。だれにも疑われず、当然のように仲間になれるだろう。

それでも一分ごとに神経が過敏になっていく。自分のような者たち……偽アルマディスト……！　てのひらを湿らせ、額にちいさい汗の粒を浮かびあがらせながら、エーナは操縦をつづけた。

監視スクリーンのひとつに探知インパルスが光ったときには、驚いて叫び声をあげそうになった。次の瞬間、走査機も作動する。球型艦の、ズテークから見るとうしろの方向から細長い飛行物体が飛びだし、シグリド人部隊の列に向かって驀進したのだ。

警備隊がすぐに反応した。周囲の艦に動きがあらわれる。それでも遅すぎた。適切な行動ができないうちに、その小型物体は内側バリアの輪をすでに通過して、第二部隊の領域にもぐりこんでいた。

エーナは、偽アルマディストの逃走を唖然として観察した。いい結果になるはずがないと、異人たちはわかっているはずだ！　どこかで飛行物体ごと迎撃されるだろう。破滅に向かってやみくもに進んでいる。

これだけではすまず、さらに第二の物体が球型艦の陰から飛びだしてきて、第三、第四とつづいた……毎回、わずかに角度をずらしているが、全機が明らかに無限アルマダ内部をめざしている。

　エーナにはわからなかった。この者たちの計画はただの自殺行為だ。第四の飛行物体が通過したのち、後続はなかった。最初の一機がうまくすりぬけたあとは、そのほかの機体が飛んでも、もはやシグリド人は驚かないと、かれらは悟ったのだ。

　物体のひとつが警備隊の砲撃のなかを飛んでいく。一瞬、探知スクリーンに荒れ狂うエネルギーの光が揺らいだ。エーナは驚いて顔をしかめた。操縦シートの肘かけに置いた両手が痙攣《けいれん》する。恐ろしさに震えた。偽アルマディストが死んだ……いや、もっとひどいことに、処刑されたのだ！

　ヘルキド人は、ズテークのすぐそばの出来ごとに、ほとんど注意を向けていなかった。ただ、いくつかの部隊が撤収し、必要な場合には支援できるような見物席に移動したことに無意識に気づいただけだ。かれは異人の行動にひどく悩み、大きな衝撃を受けていた。

　気がつくと次の物体が排除されていた。二基のアルマダ牽引機が追跡を開始し、すばやく追いつく。左右から接近して外殻にとりつき、強力な駆動装置で軌道を変化させる。

　エーナはズテークのキャノピーごしに、球型艦のこちら側のハッチが開き、弱い光がもれたのを目のすみにとらえた。

偽アルマディストよ、あきらめるな！　エーナは苦々しくそう思った。だが、確実な破滅を引き起こしたと、かれらは気づいているはずだ！

かれはそれ以上の詳細は見なかった。驚きで麻痺したようになり、走査スクリーンにうつる展開を追う。

シグリド人の巨大艦が一隻、最後に見えた飛行物体を追跡している。飛行物体のコースを九十度の角度でさえぎって、わざと衝突させた。細い物体は激突され、コースをはずれた。ひどい損傷を受けたにちがいない。どうしようもなく回転しはじめ、コントロールを失い、切りもみ状態になった。

そのとき、ズテークの操縦コクピットを、光がつらぬいた。一瞬、エーナはまぶしさに目を閉じた。同時にフィルターが自動的に透明キャノピーをおおい、ふたたび光景をなんとかとらえられるようになった。

球型艦のこちら側に開いたハッチから、もう一機の戦闘機が飛びだし、エンジンが火を噴いた。それが球の外殻に反射し、目がくらむ。エーナがまた目を開いたとき、物体はすでに高速でズテークのそばを通過していた。

突如、ヘルキド人は安堵の波につつまれ、乾いた笑い声をたてた。この戦闘機が音もなく頭上の真空空間を飛び去ったとき、異人たちの本来の作戦を悟ったのだ。

べつの側から飛び立った四機は陽動作戦だったということ。きっと乗員はいない。シグリド人たちは逃走者が出たと勘違いして、そこに注意を集中させていた。

いまスタートした機体は、実際に逃走するための最高の機会をとらえていた。とりわけ、賢明にも無限アルマダの周縁部を目的地に選んだからだ。

エーナは満足した。偽アルマディストたちは賢く巧みに計画し、抜け目なく行動している！ かれらの考えは単純で月並みだが、そのためにこそ効果があるのかもしれない……そして、大胆に実行している！

エーナは驚きのあまり、はじめは茫然としていたが、こんどは感嘆と誇りのいりまじった気持ちに満たされた。いまはただ観察者にすぎないが、すでに自分も異人の仲間だと感じている。

「かれらは、おろかではない」と、夢心地でいう。膨らむ期待をおさえるには、いくらか努力が必要だった。

「もちろん、違います」ユルカンが冷静に答える。「そうでなくては、このような比類なき宇宙船を設計できなかったでしょう！」

「設計構造についての推測でわずらわせるのはやめてくれ」エーナは不平をいった。

「すでに、関心はないといったはずだ」

「球型というのは」ロボットは根気強くつづけた。「そもそも宇宙船には最適の形状で……」

「黙れ！」

ユルカンはおしゃべりをやめた。

ときどき……たとえばいまだが……ヘルキド人はこのロボットをどこかにほうりだしたくなる。しかし、文句はいえない。ポジトロン障害による作用は神経にさわるが、そのおかげでアルマダ作業工は、信頼できるパートナーにもなったのだ。

透明キャノピーから外に目をやる。戦闘機がスタートした格納庫は開いたままで、艦の周囲の暗い外殻が一部、明るく照らされている。

「あそこに向かう。エアロックを捜索する手間をはぶこう」エーナは告げた。

接近するにつれ、おもにズテークの外側スクリーンに詳細がうつるようになった。格納庫にはさらに二機、航空力学的にすぐれた飛行物体がとまっている。しかし、すぐにスタートしそうな気配はなかった。異人たちは明らかに、アルマディストに拘束された物体を奪いかえす気はないようだ。そうしたところで、成功しないだろう。すでにシグリド人部隊が結集し、二倍に膨れあがっているからだ。

「エアロック内に着陸してはどうですか？」ユルカンが突然いった。「場所はあいています」

アルマダ作業工が自身の思考を展開させるのは二度めだった。以前は命令に反応するだけだったのだが。表情には出さなかったが、ヘルキド人はこの進化が気にかかった。

「格納庫をふさいではならない。脱出した機がいつもどるかわからないから」

エーナは戦闘機がもどると、ほぼ確信していた。偽アルマディストたちの大胆な行動には興奮したが、結局、逃走した機に成功のチャンスはほとんどないだろう。シグリド人部隊は周縁部に密集してはいないが、小型戦闘機に対する圧倒的な強さは変わらないはずだ。異人が自殺する気でないなら、いずれ帰艦するにちがいない。

異人がとほうもない幸運に恵まれれば話はべつだが、と、エーナは頭のなかでつけくわえた。すくなくとも異人のため、そう望みたい。

「もどってきたとしても、場所は充分あります」ユルカンは意見を曲げず主張した。「走査エコーを分析し、当該機の縦、横、高さを計算しました。われわれがハッチの内壁まで入れれば、必要な場合、戦闘機もまだ進入できます」

ヘルキド人は疑いながら、格納庫内部の映像を観察した。二機のマシンはまだそこにあり、比較検討したところ、アルマダ作業工が正しいだろうという結論にいたった。根本的にこの提案に反対する理由はない。

「よし、わかった。作戦を変更し、格納庫に直接、着陸しよう」

＊

きわめて安易なトリックに、警備隊は完全に引っかかった。ただ、一点だけイホ・トロトが誤っていたことがある。異人たちが長く躊躇することなく行動に出たことだ。無限アルマダの司令部と推定されるところから命令と行動指示がくるのを待たずに……発進したトップサイダー四機をすぐに容赦なく追跡したのだ。

そのかわり、作戦は思惑どおりに進んだ。警備隊は陽動作戦を見抜いていない。驚き、脱走者の捕獲にやっきになったため、秩序は乱れて混乱し、《プレジデント》の反対側にいた艦を撤収することまでした。圧倒的な優位性を考えれば、必要なかったのだが。

タンワルツェンが司令室から事態を報告し……イホ・トロトは行動にうつった。一刻もむだにしない。異人たちが熟考し、ふたたび包囲しはじめたら、時機を逸する。

テラナーのサイズに合わせて設計された戦闘機のコクピットは、ハルト人にはせますぎた。ともかくすわれるように、操縦シートの肘かけをはずすしかない。頭はほとんどキャノピーに触れんばかりで、いくつかの操縦機器は、力強い手の圧力で壊れる寸前だった。それでもイホ・トロトは動じない。ある程度うまく処理はでき、それが現在の状況ではだいじだった。

エネルギー・カタパルトにより、戦闘機は格納庫からスタート。ハルト人は危険な賭けに出た。《プレジデント》周囲の危険領域をはなれる前に、インパルス・エンジンを作動させる。突然、マシンが前に飛びだした。高性能の加速圧吸収装置が即座に慣性力を中和する。

イホ・トロトは自動操縦を断念した。自分の計画脳を信じ、手動でトップサイダーを操縦する。監視、探知、走査スクリーンにつねに目をやり、その表示を計算機の正確さで処理し、精密にプログラミングされたロボットのように反応する。

《プレジデント》の外殻に係留されているのと同じ、ちいさいエンジン・ブロックが、前方の宇宙空間で向きを変えた。すばやく回避する。《プレジデント》の中央デッキの延長上に一平面を仮定して、マシンを大きくカーブさせて上昇した。

大きく距離をとってならぶ異人の艦のあいだで、トップサイダーを飛ばす。攻撃もなんらかの反応も起きないまま、すでに二列めの警備隊に接近した。かれらは前方で環になっていた警備隊の撤収に困惑することもなく、依然として配置を変えずに待機している。その向こうは、通常ならほとんど突破できない、密集した梯形《ていけい》編成だ。

だが、イホ・トロトは、かれらも不安と混乱に襲われていると推測した。不意打ちによる効果と、戦闘機のコースの可能性を計算する。

トップサイダー型のマシンは、かつて一般的だった、きわめて信頼できる有名なライトニング戦闘機を基本にして、さらに技術的に改良したものだ。速度が出るし、操縦しやすく、似たような原則によって設計されたほかのタイプを凌駕している。これよりずっと大きく質量があるため、不格好でぎこちなく動く警備隊は、とてもトップサイダーと張り合えないだろう……すくなくとも、イホ・トロトという者が操縦していたら。

トロトは勇敢にタンク形艦の列に突っこんでいき、何度もわずかにコースベクトルを変更し、異人の次の行動を予測してつねに方向と速度を調整する。マシンを無理に鋭く方向転換させ、向こう見ずな飛行で一宇宙船のわきを通過した。探知装置がエネルギー源の光点ふたつをわずかにとらえる。ビーム攻撃だが、的ははずれた。

イホ・トロトは声をとどろかせた。砲撃コンピュータがどれほど複雑な計算をしても、トロトが次の瞬間に手動でどのコースをとるか、百パーセント算出はできまい。つねに誤差はつきまとう。それでも、異人の攻撃が命中する可能性はいつでもあった……相手が個別にではなく集中して調整し、トロトに向かってきたら、危険は非常に高まる。

トップサイダーは警備隊よりも飛行技術では卓越しているだろうが……相手部隊の圧倒的多勢には、いつまでも抵抗しきれない。最後には数が勝負を決める。

しかし、ハルト人は、やみくもに破滅に向かうためにスタートしたわけではなかった。フロストルービンで待つ仲間のもとに到達するチャンスは依然としてある。それをみすみす逃すわけにはいかない。

宇宙空間に展開する艦のあいだを強行突破しながら、衝突を避けるためにいくらか減速する。いまや、さらに多くの異人がポジションを変えつづけ、トロトはすばやい方向転換を強いられた。攻撃ビームも数を増している。

イホ・トロトは惑わされずに飛行をつづけた。はたから見れば、頭がどうかした者がコクピットにいるかのようだ。機は急激な方向転換をくりかえし、切りもみ状態で回転し、ふたたび仮定平面に対して垂直に落下し、次の瞬間には急角度で上昇する。こうして多くの艦のそばを通過した。

次の相手はもっとうまく編隊を組んでいた。七、八部隊で一ブロックをつくり、わきでべつの部隊と合流している。エネルギー・ビームがキャノピーのすぐ上をかすめた。イホ・トロトは間一髪で方向を転じた。トップサイダーはひどく回転し、機首が下方に揺れて突然に降下し、これまでのコースからななめにずれ、相手部隊のいちばん外側に展開する艦でつくるトンネル状編隊の末端すれすれを飛んだ。

満足して喉を鳴らすような音が、ハルト人の唇からもれた……同時に、ぞっとするような恐怖も芽生えた。

四隻の宇宙船が異なる方向から接近してくる。あと数秒でトロトが到達する場所に、片舷斉射のビームが集束している。目に見えるエネルギー形態が生じて、燃えあがる炎の壁のように四方八方にひろがり……

イホ・トロトはまさにそのどまんなかに突っこんでいった。

＊

いま……よりによっていまとは！

生涯ではじめて、腰椎《ようつい》の中心部にやわらかいうずきを感じた。ヘルキド人種族のもとにいたとき、これは性の成熟のはじまりを告げるものだと聞いた。

ほかのことならともかく、これだけは必要ないというときに、それはまさに襲ってきた。

ユルカンの精力的な援助によって、ズテークは開いたハッチに侵入し、二機ならんだ戦闘機の奥にあった、内壁とのあいだの空間におちつくことができた。こうして、三機めの戦闘機が窮地におちいり、すばやく飛びこんできても、アルマダ牽引機がじゃまをしないよう、問題ないほどの場所をのこしたかったのだ。

エーナは待った。確実に、球型艦の乗員は自分の侵入に気づいている。なにか反応があるだろう。

しかし、なにも変化はなかった。はじめは失望したが、偽アルマディストたちが躊躇する時間が長くつづくほど、その理由は明確になってきた。格納庫に入るには外側ハッチを閉めなくてはならない。しかし、そうすると、逃走者が緊急に撤退してきた場合、安全な場所を確保する機会を奪うことになる。

こちらから行動を起こし、ズテークをはなれたらどうだろうと考えをめぐらせる。自分が敵だと思われている可能性もゼロではない。なにしろアルマダ牽引機を操縦しているのだから。光学的な監視装置に自分の姿をさらしたらどうだろうか。球型艦の乗員に自分がどれだけ親しみを感じているか、身振りでしめせたら。しかし、この考えはすぐに捨てた。外側ハッチが開いているあいだは、どんな接触の試みも出だしでいきづまるにちがいない。

エーナ・ネジャールスはがまんした。偽アルマディストの艦内は、無限アルマダのどこよりも安全に感じた。待つことができる……安心して！　しかも、内なる興奮の抑制にも成功した。いずれ接触は実現するだろう。あとはただ時間の問題だ。

しかし、よりによってこの決定的なときに、あのうずきがはじまった！

最初は弱く、ひかえめだった。そこに意識を集中せず、なにかつまらない作業で気をそらしていれば、ほとんど感じず、ストレスもない。

しかし、数日後にうずきは強くなり、二週間後には耐えられない痛みになるのだ……

「子供を宿した」不愉快そうにいった。

ユルカンが浮遊しながら近よってきた。レンズ状の知覚装置で、ヘルキド人はまさに透視されるのを感じた。

「つまり、妊娠したということですか？」

この質問が無邪気に響き、エーナは不安にもかかわらず哄笑した。

「そんなところだ」

「〝そんなところ〟とは？　妊娠しているのですか、していないのですか？」

「していると思う」

「父親は？」ロボットは無神経に興味をしめした。

「父親はいない」エーナは無愛想に答え、次の質問をされる前に急いでつけくわえた。

「わたしは母親でもない」

「ひどく異例ですね」と、アルマダ作業工。「どうしてそんなことが？」

ヘルキド人はすでに会話をはじめたことを後悔していた。

「知っているだろう。われわれヘルキド人は単性で……」と、不機嫌につぶやく。

「はい」

「だからだ！」

ロボットの知識欲がこれで満たされると思ったが、それは誤解だった。

「しかし、子供には、父親と母親がいます」ユルカンはあらためていった。「両親がいるはずです！」

エーナはふたたびどなりつけないよう、なんとか自制した。

「親はひとりだけ……わたしだ！」

「くわしく説明してくれませんか？」

「断る！」

こんどは大声を出した。ロボットを黙らせるためには、実際、ほかの方法はなかった。

今回もそれは効果があり、すぐにこの好ましくない押し問答は終了した。

奇妙だ、と、エーナは思った。アルマダ作業工は、ヘルキド人が雌雄《しゆう》同体とも呼ばれる単性生物だと知っているのに、具体的な部分はほとんど知らない。プログラミングが原因だろう。自然に生まれる知的生命体の圧倒的多数には雌雄がある。ヘルキド人の場合と同じやり方で繁殖するような種族を、無限アルマダがこれ以上メンバーにくわえるかどうかは、疑わしい。ならば、それについてたしかな知識をロボットに入力する手間をかける必要があるだろうか？　概念さえわかっていれば充分だ。ユルカンは本来の意味もわからないまま、どこかで偶然それを知っただけかもしれない。

エーナにとって間近に迫る出産が深刻な問題になることはすでに明らかだった。かすかな圧迫感があり、話に聞いていた幸福感や満足感は生じない。それは、この段階でからだと精神が調和し、胎児を成熟させる準備がほかのすべての感情を凌駕して、伝統的な生きる目的におきかわったときにのみ、生じるものなのだ。

かれの場合、そんな状態になれるはずもなかった。出産の痛みを、遺伝子情報によってきっかけがつくられた雌雄同体の生殖細胞の結合として感じるだけだろう……その生殖細胞は、脊柱《せきちゅう》と背中の皮膚のあいだに形成される出産穴のなかで胎児となり、二週間の発達をとげたあと、膿のたまったからだから新生児として分離される。

ヘルキド人はこの現象を、生まれて二十年から二十五年のあいだに一度だけ体験する。

それがよりによっていま起こるとは。エーナは運命を悪意に満ちたものだと思った。内なるエネルギーと集中力のすべてを偽アルマディストとの接触に注《そそ》ぎたいときに、これは問題となるにちがいない！

出産だけが問題なのではない。倫理的問題もあった。追放された自分が子供を産むとは……自身がつねに危険状態で逃亡中の身であるのに、どのように育て、かわいがっていけばいいのだろうか？　いつかわが子はアルマダ炎を授かるだろうか、あるいは自分と同じように忌み嫌われ、屈辱を感じながら生きていくのだろうか？

そのような展開に責任を持てるかわからない。あと二週間弱で自分のからだから子供が分離されるとしたら、なにをすればいいのだろうか？

さしあたり、それにともなう問題は頭から押しのけた。ひとつ希望の光がある、良好な方向に転じるチャンスが。球型艦の乗員が自分を受け入れ、仲間にしてくれたら、すべてが変わる……

しかし、待機状態はまだつづく。これまで生きてきて、待機するのも失望するのもよくあることだったが……しだいに不安が心にひろがりはじめた。今回も失望し、すべての苦労が水の泡になるのではないか……

8　過去の閃光

かれは毎日、ここを通りすぎる。いつも同じ時刻に。就業時間が終わって居住地区に入るさいは、つねに同じ道を選ぶ。

わたしはかれを待っていた。

アルコーヴに身をひそめている。準備は完了した。不意打ちして、かれのすぐ前で通廊に歩みだし、出会いを避けられることがないようにするつもりだった。

「ひと目おまえを見れば、だれでもわかる。おまえとわたしはなんの関係もない……」

今回はそんなことはいえないだろう。すくなくともわたしの話を聞かずにすませる理屈はない。信用をたもちたければ、かれはこの接触を受けざるをえないだろう。

というのも、きょうのわたしは、ほかのヘルキド人と同じように見えるから。

わたしの姿にかれはとまどい、信じることもできないだろう……しかし、かれは受け入れる。今回はかれにほかの選択肢はない。わたしに不足はもはやないのだ。

〝印章〟があるのだから！

むらさき色に輝くボールとして、頭上二十センチメートルに浮いている。

アルマダ炎を入手したのだ！

すこしはなれたところから足音が聞こえた。かれはひとりだ、いつものように。目的をはたさずにわたしをつれてアルマダ印章船からもどって以来、かれは仲間を避けていた。自身が冷遇され、非難され、軽蔑されるのを感じたからだ。偽アルマディストを産んだという意識を克服しきれなかった。かれ自身にはまったく不足はないのに、かつての暮らしはつづけられなくなった。

わたしの位置からは、まだかれの姿は見えない。しかし、なにが待ちうけているかわかったかのように、かれの歩みが遅くなった。わたしは内心、緊張した。きっとただの想像だろうが、かれがためらいながら歩いていると思った。

あと数メートルでアルコーヴに到達するというとき、かれは立ちどまった。呼吸が苦しそうになり、ときどきあえいでいる。

気づかれた、と、不安になった。かれはわかったのだ！　血肉を分けたわが子がいるのを感じている！

悪酔いしたかのように、わたしは震えた。突然、もはや確信がなくなり、突き動かされるように、かくれていた場所から飛びだす。説明できない重圧に襲われ、通廊に歩みでていた。

うしろめたい気分だった。わが親は動くことなく、目の前で立ちつくし、目を見開いてわたしを凝視している。なぜ、わたしはかれをあざむこうとするのか？

しかし、わたしがそうするのもかれ自身の責任ではないか！　なぜ、かれはわたしのあるがままを受け入れないのか？

「見て……ください！」わたしはつかえながらいった。すぐに昂然と頭をそらし、上に向かって一度うなずくようなしぐさをした。「いまはアルマダ炎があります」

かれは輝く印とわたしの顔を交互に見つめた。両手はこわばっている。

見抜かれた！

「わたしは充分な資格のあるアルマディストです！」あわててわたしはいった。「もはや恥じることはありません。これでわたしを受け入れられるでしょう」

かれはだまされなかった。

「この……できそこないめ！」苦しそうにあえぐ。「すでにおまえのせいであらゆる恥辱を受けたが、さらに嘘をつくとは……！」

失望と怒りでわたしは叫んでいた。涙がこみあげる。親は唐突に背を向け、走り去った。

わたしはひとりのこされた。永遠にひとりだとわかった。ローブの下に力なく手をやり、ベルトから小型プロジェクターをもぎとって、壁に思いきり打ちつける。それは粉々に砕け……偽のアルマダ炎はわたしの頭上から消えた。

　思考力がもどるまでしばらくかかった。親との出会いを自信たっぷりに待ちつづけたが、まったく報われなかった。わたしの希望は砕け散り、その鋭い破片がみじめな山となった。

　この苦々しい瞬間、わたしは決断した。近い将来、アルマダ印章船を探し、ほんもののアルマダ炎を手にいれるのだ。そこでさらにつらい失望を味わうことになり、はぐれ者としての地位が決定的になるとは、このときまだわたしは気づいていなかった。

9　現在の光

ときどきリウマチの発作に苦しめられ、背中の瘤に刺すような痛みがはしるとき、ジェルシゲール・アンは、自分の任務をいとわしく思った。しずかなだれの目にもつかない場所でひとりになって考えごとをしたい。そうすれば自身に満足して、苦しみにも耐えられるかもしれない。

しかし、ジェルシゲール・アンには、責任という重荷が負わされていた。そこから逃げることも、だれかに解放してもらうこともできない。かれは司令官だった。中央後部領域・側部三十四セクターのアルマダ第一七六部隊……つまり五万隻の宇宙艦船とともに、あのトリイクル9にもっとも接近している艦隊の司令官なのだ。

旗艦《ボクリル》からシグリド人の作戦を指揮している。そのさいはもっぱら、アルマダ中枢からの指示にそのましたがっていた。しかし、謎につつまれたオルドバンの居所でもあるはずのその場所からは、一部矛盾する、ためらうような命令がくるだけだった。

オルドバン……！　その存在に対し、アンは苦々しい思いをいだいた。オルドバンは無限アルマダの運命を最初から司ってきた存在といわれているが、証拠はない。この未知の者をだれも見たことがないのだ。実際は存在しないのかもしれない。ただの伝説、あるいは思想なのかも……

しかし、オルドバンがだれであろうと、なにであろうと、アンやその他すべてのシグリド人と同様、トリイクル9の状況にはショックを受けているようだ。最初、異人の艦が瓦礫《がれき》フィールドの周縁部にあらわれたとき、オルドバンはためらったとみえる。のちに異人の出動コマンドが騒ぎを起こしたときは、艦の破壊を命じたが、すでに時機を逸していた。トリイクル9の発見については、とうとう完全に沈黙をつらぬいている。

すべてが、アルマダ中枢には今後の作戦について決断力がないことを露呈していた。そのため、アンの任務は二重にきびしくなった。かれが指揮しているのは行儀のいい調査旅行団などではなく、あすといわずきょうにも瓦礫フィールドの異人と戦いたいという、闘争心の強いシグリド人集団なのだ。かれらを押しとどめるのは、神経をすり減らす任務だった。

アンの代行ターツァレル・オプも、早急の軍事行動を支持していた。それは、司令官がこの男にがまんならない理由のひとつにすぎなかったが。

そばにアルマダ作業工があらわれ、アンは不毛な考えを中断した。リウマチの痛みがやわらぐまで、からだを前にかがめる。瘤に鈍いうずきがあるものの、なんとか耐えられるようになった。

「アルマダ中枢でだいじだと考えられているのは」ロボットはいった。「すでにかなりの時間、シグリド人の管理下にある、異宇宙艦の調査です」

「だいじだと考えられている……」アンは不機嫌そうにいった。「よろこばしい報告だ！」

「乗員と接触すること」アルマダ作業工はつづけた。「その成果について、あとからアルマダ中枢に報告すること」

アンは沈黙せざるをえなかった。これまでこのロボットたちにはくりかえし嫌悪感を膨らませてきた。無限アルマダを根本的に管理しているのはロボットではないかと疑ってさえいた。

「まだなにを待っているのだ！」アンは追いはらうようにいった。「命令は了解した」

ロボットは無言で立ち去った。

「わたしが出動をひきいるのでしょう」ターツァレル・オプが告げた。「すぐに充分な要員を確保できます」

「きみは《ボクリル》でわたしの代理をつとめよ」司令官は拒絶した。「わたし自身が出動する」

そういった声には、どこか反論させないものがあったのかもしれない。オプは腹だたしそうなしぐさでこの指示を承知した。

アンは準備をはじめ、要員を招集した。好戦的なオプを異人に会わせるのは耐えがたいことだった。自身が出動すれば、作戦を管理下においておける。ただ、おかした過ちを償う機会を探していたのも事実だった。アルマダ中枢を疑ったことで、特別に義務を負ったと考えていたので。

ついにオルドバンが反応し、明確な決断をくだしたのだ！　アンは忠誠心をおぼえながら、そう考える。とうとう事態がふたたび動きはじめた！

捕虜たちが五機の高速戦闘機で逃走をはかったという報告に対するアンのコメントは、さげすむようなうなり声でだった。かれが特殊部隊をひきいる一方、こうした作戦はオプの管轄領域に入る。艦長代行は、抵抗する者を弱気な態度ではあしらわないだろう。

アンが搭載艇で《ボクリル》をはなれてすぐに、五機の戦闘機すべてが確保されるか、破壊されたという報告がとどいた。予想範囲内のことだった。

＊

一瞬、注意をおこたったか、慎重さを欠いたかもしれない。おそらく、たんに異人を見くびっていたのだろう。はじめに奇襲をしかけてから、かれらはすばやく徹底して無慈悲に行動していたのだから。

炎の壁が目の前で噴きあがったとき、イホ・トロトは自分が負けたと悟った。

確実な破滅から必死に逃れようとする。制御できないまま、戦闘機はコースからそれた。同時に戦闘服のヘルメットを装着し、からだの細胞構造を転換する。テルコニット鋼の強さと抵抗力を得た。これがなにか役にたつかどうかはわからない。異人が引き起こしたエネルギー地獄に、無防備でさらされているのだ。

トップサイダーは縦軸にそって回転し、それまでのコースから八十五度はずれた。しかし、炎の壁はあまりに近く、逃れきるにはひろがりすぎていた。

炎の地獄の末端がマシンを揺り動かす。衝撃アブソーバーはまだ機能しているが、いつまで使えるかは時間の問題のようだ。コクピットにはげしい音が鳴りひびく。搭載機器が炎を噴き、燃えあがった。

ハルト人は減速出力のインパルス噴射を最大限にした。中和されていた慣性エネルギーが限界に達し、イホ・トロトは前方へ飛ばされた。支えをつかむが、トロトが本来持つ力ではずれてしまう。硬化したからだが衝突したため、操縦コンソールは粉砕された。どこかで警報がけたたましく鳴っている。

制動エンジンの反動で、マシンが横揺れする。透明キャノピーごしに外から閃光が射しこむ。死をもたらすエネルギー流は、保護フィルターでも一部しかやわらげられない。

物質の限界値まで負荷がかかり、はげしく音をたてる。

イホ・トロトはどうにかからだをコンソールの残骸からはなすと、概算の数値を出そうとした。コントロール不能な飛行で誤差はもちろん大きかったが、計算結果は、危機を脱出できるという新しい希望をもたらした。すくなくとも論理的には、戦闘機は炎の嵐の末端をいま通過したはずだ。操縦不能になった飛行物体に異人たちがとどめを刺さなければ、生きのびられる。

計画脳の計算結果を証明するように、あふれる光が突然、弱くなった。しかし、間近の危機が過ぎ去ったわけではない。さらなるエネルギーの閃光がマシンに襲いかかる。機首がとらえられ、回転した。多くの機器が大音響とともに破裂する。すぐに消火装置が作動した。即座に保安ハッチが閉まり、気圧低下を防ぐ。

やがて危機は過ぎ去り、静寂がもどってきた。コクピットは非常灯がかすかに光るだけとなった。

イホ・トロトは生きていた。運命に感謝する。この逃走の試みはもっとひどい終わりを迎えていた可能性もあった。

異人たちはあらゆる攻撃でトップサイダーを操作不能にしたことで満足したようだった。マシンはスクラップ同然で、かれらにとってはそれで充分だったのだ。

それでもハルト人の状況は危険なものだった。完全に破壊された飛行物体を、操縦するすべもなく飛ばしている。だれかの援助がなければ、確実に死ぬことになる。いずれ、呼吸可能な空気もつきるだろう。並はずれた代謝能力で、毒性のある空気を吸っても真空状態でも生きられるし、必要となればトップサイダーの全装置を食糧源にすることもできるが、それでは一定期間を持ちこたえられるだけだ。戦闘服の駆動装置を使って一アルマダ艦に向かい、侵入することから、突破口が開けるかもしれない。

戦闘機のコクピットが揺さぶられ、震える響きが空中を伝わってきた。戦闘服のマイクロフォンから音が聞こえてくる。それを計画脳がすぐに分析し、心配はないと結論を出した。未知の者がエンジン・ブロックをひとつ固定しただけで、音にはほかにとくべつな意味はなかった。どこへかわからないが、マシンを輸送するのだろう。調査が重要だと考えたのだ。もしかしたら《プレジデント》まで運ぶのかもしれない。

ハルト人にできるのは、辛抱強く待つことだけだった。ただいずれにせよ、未知の者による牽引は重要な認識をもたらした。かれらは戦闘をためらわず、冷酷かもしれないが……非人道的ではないのだ。

＊

「そこになにかきます……」

エーナ・ネジャールスはぎょっとして、跳びあがった。どんよりした記憶の海に沈んでいて、ズテークの周囲の出来ごとにほとんど注意をはらっていなかったのだ。

「どこになにがくるって？」困惑してたずねた。「明確に説明してくれないか？」

ロボットの答えを待たずに、表示機器を順に操作していく。走査スクリーンに細い飛行物体がうつっているのが見えた。

「逃走した戦闘機です」ユルカンが確認した。「もどってきます」

「どうも」エーナは無愛想にいった。「いまは、自分でも見える」

恐れていたとおり、命知らずの異人は逃走に成功せず、シグリド人に迎撃されたのだ。走査機の映像が誤っていなければ、飛行物体の機首は砲撃で破壊され、焼け落ちている。機首の下部、コクピットの反対側に、小型アルマダ牽引機がついていた。

「ひどく痛めつけたものだ」ヘルキド人はつぶやく。「しかし、全壊はまぬがれている。乗員はまだ生存しているだろう」

「ありえません」

「なぜだ？」エーナはロボットに強くいった。「おまえがいうように、かれらが優秀な造船技術者なら、戦闘機の機首が焼け落ちても呼吸できる空気がすぐには放出されないように設計するだろう！」

「わたしの予想はまったくべつの観点からのものです」ユルカンは説明した。「たとえば、あなたは見落としていますが……」

「黙れ！」と、エーナ。「聞きたくない！」

　いまはロボットと議論する気など、さらさらなかった。緊張して中継スクリーンを見つめる。戦闘機が格納庫に到達したらすぐに、待ち焦がれていた偽アルマディストとの接触がようやくはたされるのだ。この予想に、エーナはふたたびがまんできなくなっていた。その瞬間を思い、まさに熱くなっている。

「早くこい」興奮した口調で、「早く！」

　アルマダ牽引機は飛行物体からはなれ、ゆっくり移動した。シグリド人にとってとくに重要なのは、異人に教訓をあたえると同時に警告を伝えることのようだ。逃走者をかんたんには滅ぼさないだろう。

　砲撃でスクラップとなった飛行物体が、エアロックの入口にまっすぐ接近し、あいた着陸場所に向かってきた。球型艦の側から重力インパルスか牽引ビームで引っ張っているのだろうと、エーナは推測した。エンジン部分を見れば、自力での飛行はもはやぜったいに不可能とわかる。

　ヘルキド人は、戦闘機のコクピットで動きがないか確認しようとした。操縦士がまだ生きていることを熱心に願う。しかし、すみからではよく見えず、透明キャノピーの上部が開くのしかわからなかった。

　もどかしい思いで、飛行物体が格納庫の床に着陸するのを待つ。まだエアロック・ハッチが閉じないうちに、よろこびと驚きにつつまれる事態が起こった。

操縦士は生きている！

それは劇的に証明された！

巨大なこぶしが戦闘機のコクピットから力強く突きだされたのだ。透明な物質は割れ、こっぱみじんとなった。真空に吸いだされる空気の力で、破片が鋭い矢のように飛び散る。

ヘルキド人は通常光学装置で伝えられるこの現象を観察していたが、信じがたいという思いが膨らむばかりだった。

シグリド人あるいは自身に対してのはかりしれない怒りを、どれほどこの生物はためこんでいたことか！　さらに、どれほど不可解な力を、前代未聞の新陳代謝能力を、この生物は持つことか！

外側エアロックが閉まるあいだに、透明キャノピーの割れた場所から、ヘルメットにおおわれた巨大な頭が伸びだした。ひろい肩につづき、四本の太い腕と、その腕で突っ張りながら、のこりのからだが上に出てくる。恐怖を感じさせる生物はコクピットから跳びだし、大きな膝の関節ではずみをつけて立ちあがった。

エーナは茫然とした。この巨体はゆうに自分の六倍か七倍の大きさがあり、好戦的な戦闘マシンのようだ。

不安にかられ、ヘルキド人の確信は突然、打ち砕かれた。このような者たちに親しく受け入れられるようなことは、けっしてないだろう。

「この者は、アルマダ炎を持っていません」ユルカンがよけいなことをいった。「やはり死んで生きている者ですね」

エーナは応えなかった。不安がますます大きくなる。球型艦の乗員を誤解していた、その思考について思い違いをしていた、という感情が膨らみつづける。

格納庫はすでに空気で満たされていた。巨体が防護ヘルメットをうしろに押しあげると、三つの赤い目、大きな口のついた半球形の頭がむきだしになった。その目は明らかにズテークに向けられている。エーナの背中に冷たいものがはしり、出産穴は痛みをともなって縮みあがった。この自然のままの生物は、恐怖が体現化したものに見えた。

「この者たちは、われわれを敵だと思うでしょう。まずいことに、われわれが乗りこんでいるのはアルマダ牽引機だからです。あなたも死んで生きている者だとは、かれらにはわかりません」

ロボットの言葉を、エーナは気にもとめなかった。注意して聞いていたら、おそらく気分はよくなっていただろうが。

内側エアロック扉が急に開いた。二十名の偽アルマディストが格納庫に駆けこんでくる。ヘルキド人は、かれらの姿が巨体とまるでかけはなれているのに気づいて驚いた。

こちらは基本的により細くて華奢《きやしや》で、腕は二本、目はふたつしかない。頭はほぼまるく、しなやかな頸の上に載っている。帰還したパイロットの怪物のような体格は、明らかにこの艦の乗員の代表的な姿ではないようだ。

しかしエーナにとって、すべての意味はもうなくなってしまった。

異人たちがすばやく散開するのを見たのだ。一部は戦闘機三機の陰にかくれて援護をつとめ、そのほかはアルマダ牽引機の周囲で半円状の配置についた。手には重火器を持ち、ズテークを狙っている。

敵として見られているのだ！

ヘルキド人の世界は崩壊した。

大きな期待はすでに失望にかわり、快適で安全な生活への希望は葬り去らなければならなくなった。

これで終わりだ。

＊

「かれをどうします？」

「まずは、時間をやろう」と、イホ・トロト。「かなりおびえている」

タンワルツェンは頭をめぐらし、ハルト人を見あげた。

「あたりまえですよ、あなたを見て想像しただろうことを考えれば。あなたのような者がここにいるとは、思いもしなかったでしょう」

「やはり、かれは密偵ではないかと思います」保安部隊の一名がいった。

その同僚のひとりが、すべてをさししめすようなしぐさをして、

「ここに密偵を潜入させる必要が異人にあると思うのか？　かれらにはほかの方法があるだろう！」

「いずれにしても交渉者ではない」最初の男が弁解した。「それに、占領軍兵士でもない。ひょっとしてトロイの木馬か……」

すべてを口に出さなくても、充分に推測できた。かれらは、考えられる攻撃をあらゆる手段で阻止するために、長方形の飛行物体をとりかこんでいる。艦長をふくめ、だれもが危険を感じとり、幸運にも助かったイホ・トロトに対する歓迎も短く終えていた。ハルト人がまだ生きていたという満足感はあとまわしにして、防衛が必要になった場合にそなえなければならなかった。

しかし、《プレジデント》の者たちは、ありがたくも予想を裏切られることになった。だれも対決をもとめていなかったのだ。無限アルマダのエンジン・ブロックから這いおりてきて、攻撃の意志がないことをしめしたのは、身長六十センチメートル弱のヒューマノイドだった。むしろ卑屈で臆病そうな態度だ。かたわらには、すでにテラナーたち

が周囲の宇宙空間で艦船のあいだに観察していたタイプのロボットが浮遊している。このロボットの動きもやはり安全なもので、中立的同行者の任務をはたしているだけのように見えた。

「われわれに脅威をあたえるようなものではないな」イホ・トロトがぶつぶついった。明らかに、声の音量を耐えられる範囲におさえる努力をしている。「かれはおびえていると思わないか？」

「策略かもしれません」

「策略とは、なにをいっているんだ！　かれは自分の飛行物体を不幸にもトップサイダーと格納庫の壁のあいだに入れたせいで、すばやく逃げることはできなくなってしまった。われわれに害をあたえ、策略をしかけようとする者が、そんなことをするか？」

この理屈が切り札となった。保安部隊のだれも反論できなかった。タンワルツェンは考えこみながら、

「そう考えれば、あなたのいうとおりかも……」

「もっといえるぞ」ハルト人はつづけた。「かれはわざとこのせまい空間にはいりこんだのだ。おそらくわたしがスタートするのを見ていたのだろう。戦闘機での突破は無理だと考え、万が一の緊急着陸にそなえて、わたしのために場所をあけておいたのだ」

「では、かれはわれらの仲間ですな」タンワルツェンはいった。

「もちろんだ」イホ・トロトが請け合う。「なのに、われわれにブラスターで脅されたものだから、かれはおびえているのだ」

保安部隊の列に、押し殺したささやき声がひろがる。だれもそこまで考えていなかったのだ。もっとも、非難はできない。拘束され、逃走も失敗したせいで、全員がいらだち、無限アルマダの一員と友好的にコンタクトできるとは、だれも予想できなかったのだから。

タンワルツェンは重い腰をあげた。艦長として決断をくださなくてはならない。

「武器をおろせ」と、命じる。「フォーメーション解除」

テラナーたちは銃をかつぎ、わきによけた。背の低い異人は身じろぎもしない。まだ安全になったとは信じられないようだ。

「わたしのキャビンに連れていく」イホ・トロトが提案した。よく知られた母性本能に、明らかに導かれているようだ。「そこで休めば、われわれを信用してもらえるだろう。言葉での会話に成功するかもしれない。トランスレーターを持ってきてくれ。ためしてみるから」

タンワルツェンは迷わなかった。勘違いだったとしても、ハルト人が監視していれば、問題は起きないだろう。

「わかりました」と、同意する。「さらに戦闘ロボットを一体、派遣します。相手のロボットに問題があった場合のそなえに」

「無用だ」イホ・トロトは笑った。「そのブリキのバケツなら、必要となったら自分でかたづける」

それを疑うものはひとりとしていなかった。

ハルト人は異人に近よった。異人は驚いて目を見開き、あとじさる。

「ひょっとして」タンワルツェンがうなるようにいった。「この任務に、あなたは不適格なのでは」

「よけいなお世話だ」イホ・トロトは感情をおさえて応じた。

膝をついて、四本腕をひろげる。友好をしめすしぐさだ。この背の低い者にも正しく伝わるといいが。しかし、異人はさらにうしろにさがり、背中をエンジン・ブロックの壁に押しつけた。全身が震えている。

ハルト人は感情を害してうなると、手短かにすませることにした。異人のからだをひょいとつかむと、肩に乗せた。ころげおちないように慎重にからだを起こし、三つの目で人間のようにまばたきして艦長に合図し、足音をたてて格納庫から出ていった。異人のロボットがはげしい風のような音をたててあとを浮遊していく。

だれかがほっとして笑った。緊張がとける。保安部隊の女がひとり、タンワルツェンに近より、眉間《みけん》にしわをよせていった。

「対決のほうが好ましかったというわけではありませんが、結局のところ、これまでとなにも変わりませんね」

「情報がひとつ増えたじゃないか」艦長は反論し、外側エアロックをさししめした。「外のすべてがかならずしも調和のとれた状態で動いているのではないとわかった。わたしがひどく誤解しているのでなければ、あそこにはほかのアルマディストたちと関わりたくない者がいる。その者がまさにわれわれのところに逃げてきたのだ」

＊

ヘルキド人の不信感はしだいに消えて、失望がひろがった。もちろん、かれらは防御のため慎重になっているだけだ。ステークが脅威になりうるかどうか、かれらは知らない。危険はないとわかったら、態度を急変させるだろう。そう考えたエーナは躊躇してしまい、そのせいで手遅れになった。よりによって、あの恐ろしい怪物が自分の相手をすることになったのだ。

四本腕の者に、明らかに私室として使われているキャビンに連れていかれた。ここでおろされると、そのあとはなにも手出しされなかった。巨体はヘルキド人が存在しないかのように行動している。

この行動にエーナは考えはじめた。ほうっておかれたまま、非常に大きなシートにすわっている時間が長くなるほど、不安は消えていった。失われたかに見えた希望が実現するようだと、しだいにわかって……

あらためて活力がもどってくる。

「黙れ！」ユルカンを叱りつける。ユルカンは強制的に運ばれてきてから、休みなく不平をいっていた。死んで生きている者の集団が同じ身分の者をあつかましくもこのような恥ずべき方法であつかうことに、

「抗議してもいいくらいです！」と、憤慨したのだった。

いつものようにアルマダ作業工は即座に黙った。隣室へつづく通路に四本腕があらわれる。明らかにエーナが言葉を発したとすぐにわかったのだ……ズテークを出てからおそらくはじめての言葉だ。巨体は片手に長方形の箱を持っていて、それをテーブルに置くと、ヘルキド人の向かいに腰をおろした。異人の言葉で話をゆっくりはじめ、エーナと箱形装置をくりかえしさししめす。

その目的は明らかだった。言葉によって意思疎通をしたいのだろう。

エーナはためらわずに応じた。すでに巨体に対する考え方は変わり、信頼感も芽生えていた。怪物をはじめて見て、外見から感情的に偏見をいだいたのは過ちだったのだ。自分の恐怖は根拠のないもので、巨体はほかの乗員と同じようにまさに友好的だった。

トランスレーターの機能については、エーナは正確な想像ができなかった。こうした

技術についてはまったく経験が乏しい。この箱は話したことを、単語の種類、頻度、響き、アクセント、各単語の関係を比較してあるシステムによって整理し、百かそれ以上の基準にあてはめているのだろうか。あるいはまったくべつの原理によって動いているのかもしれない。

しかし、それがなんであろうと……数分後にはすでにこの装置は、異人の言葉をアルマダ共通語に翻訳した。はじめは断片的で不完全だったが、コミュニケーションがつづくにしたがって流暢《りゅうちょう》になっていった。

会話が成立した。ほんものの会話だ。これまでエーナはこうした体験を許されなかった。血肉でできた生物と向かい合ってすわり、信頼して語り合うのは、まったく新しい経験だった。場合によっては本当にこの球型艦内で、わが家と思える場所を見いだせるかもしれない。心から幸福の息吹《いぶき》につつまれ、数分間は出産穴のかすかな鼓動が突然に心地よいものに感じられた……

ふたりは長く話し合い、情報や経験を交換した。巨体はイホ・トロトと名乗り、ヘルキド人の運命と、アルマディストがはぐれ者をあつかうやり方に深く衝撃を受けていた。エーナの信頼感は増していき、会話がつづくなかで、ハルト人にも単性生殖の原則があると知って、さらに安心した。雌雄異体が優勢な生命界で、よりによってこのふたつの単性生物が、運命か偶然によって出会ったとは……！

それについてはイホ・トロトも深く感銘を受けたようで、エーナが二週間後に子供を産むと話したときには、ほとんど無限の共感をいだいた。そのときからエーナをエーナトス、あるいは〝わたしのちびさん〟と呼び……この呼びかけは、ハルト人のあいだではごく親しい者だけのものだと保証した。

ヘルキド人には、起きたことが信じられなかった。無益な年月をへて、ようやく故郷を見つけたのだ。

「《プレジデント》の司令室にきてくれ」一時間以上、話をしたのち、イホ・トロトがいった。「テラナーたちとも知り合い、無限アルマダについて報告してほしい」

すぐにエーナは同意した。今回はハルト人の肩に乗せられても、身の毛がよだつことはなかった。それどころか、とても気にいった。意識のなかには、ただひとつの重要な思いしかなかった。自分には友がいる！　この生物がこれまで思っていたように無限アルマダの出身ではなく、はるか遠い惑星からきたということは、どうでもよかった。

二名が司令室に入ると、そこにいたテラナーたちが振り向いた。そのひとりは艦長のタンワルツェンで……ゆっくりこちらに向かってきた。イホ・トロトは慎重にヘルキド人をおろした。ユルカンがすぐに音をたてて飛んでいき、ヘルキド人がふつうでない運ばれ方でけがをしていないか、視覚レンズで検査する。アルマダ作業工は二名のあとをずっとついてきて、忠実にエーナにつきそっていた……会話から本当の事実関係を知り、

〝死んで生きている者〟について誤解していたとわかったはずなのだが。思っていたよりも故障が深刻なのだろう、と、ヘルキド人は推測した。

「われわれのあらたなお客を紹介させてくれ……」エーナの耳が痛くなるような大声で、ハルト人は告げた。

そこまでしか話せなかった。

突然、はげしいサイレン音が響いたのだ。ヘルキド人は戦慄をおぼえた。タンワルツェンは入ってきた者たちのことを忘れたかのように司令スタンドに急いだ。サイレンはやみ、受信機から轟音《ごうおん》と甲高い声が聞こえてきた。

「異人が……！」

タンワルツェンは相手をさえぎり、コンタクト・スイッチをたたいて大声でいった。

「緊急警報！　緊急警報！　全員、戦闘・防御態勢につけ！　緊急警報！」

エーナは唖然とした。この男はこれほどすばやく切り替わり、たった数語で砲撃を引き起こす。自分自身はこの瞬間、明確に考えることも結果を認識することもできない。思考は乱れるばかりだ。シグリド人が攻撃してきたのか？　あるいは……？

「つづけろ！」艦長が大声を出す。

「艦内に侵入しました。エアロックを焼き切り、できた隙間を圧縮フォリオで埋めて真空状態に対処したのです。《プレジデント》に押しよせています！」

タンワルツェンはふたたび全艦放送に切り替えた。

「アルマディストは明らかに艦を占領する気だ！」と、声を張りあげる。「緊急警報をくりかえす！　ただし、いかなる状況でも冷静さを忘れるな。過剰防衛は無用。緊急の防衛が必要な場合以外は、武器使用は禁止する。交渉の余地があるかもしれない」

ようやくエーナは事態をのみこんだ。シグリド人が攻勢に転じたのだ！　すでに艦内にいる！

「わたしはここを出なくては！」と、パニックになった。「かれらに見つかったら、わたしは終わりです！」

イホ・トロトだけがその理由を知っていた。トランスレーターがすべてを翻訳すると、すぐにトロトは行動した。侵入者がこの小型生物を、自分たちと同じアルマダ種族で印章を失った仲間だとは認識できない可能性はたしかにある。うまく立ちまわれば、エーナをハルト人のような友好関係にある種族の代表だと信じこませることが可能かもしれない。しかし、トロトはそれにたよりたくなかった。

エーナはぐいとつかまれ、引きあげられた気がした。司令室は興奮につつまれ、大勢のテラナーが話し合っている。この騒ぎで、乱暴なあつかいについてエーナが抗議する声もかき消された。

「しっかりつかまれ！」イホ・トロトが声をとどろかせる。

中央ハッチが開いた。シグリド人五名が銃をかまえながら突入してくる。同時にハルト人は行動に出た。短い内側アームに身を沈め、飛びだした。エーナはほうりだされないように、赤い戦闘服のベルトを両手でにぎりしめる。イホ・トロトは走りながら、アルマダ共通語にプログラミングをセットしたトランスレーターを後方に投げた。タンワルツェンが交渉に使えるだろう。

愕然としたシグリド人たちは、ハルト人をとめられなかった。なにが起きたか、かれらが把握しないうちに、ハルト人はすでに生きた荷物とともに隣接する通廊に入っていた。走りながら、シグリド人の歩哨一名を突き倒す。アルマディストは悲鳴をあげてわきにころがり、つかまるところを探して床を這った。

「倉庫にかくれていろ」イホ・トロトは速度をゆるめずにいった。「事態が解決すれば、われわれのところで安全にすごせる」

「無理です！」エーナは苦しそうにいった。恐ろしい速度に耐えて苦労してつかまっていたが、加速力は一秒ごとに高まっていくようだった。おぼれかけた者のようにベルトにつかまり、涙で視界もぼやける。「どこにいても、見つかる！」

「ばかな！《プレジデント》は巨大だ」

「でも、あなたたちは自由に動けない！どこにかくしてもらおうと、いずれわたしは見つかります！」

「どこに行きたいんだ？」

方向転換に抵抗してエーナは全力でからだを突っ張る。いまさらどこへ？　と、自問した。目を閉じたのでなにも見えず、耳も聞こえなくなり、最後の決定的な失望のはげしい痛みだけを感じる。シグリド人に追いたてられるだろう！　ついに見つけた友たちのもとを去らなくてはならない。自分の安全のために去るのだ！　孤独で追放された身のままで。選択肢はない……どこにも！

「ズテークに！」あえぎながらいった。「ズテークに行かなくては」

故郷を得たと感じられたのは、どのくらいだったろうか？　二、三時間……？　ここをはなれなくてはならない。わが家を去り、永遠にあきらめるのだ。追放された者としての生活はつづく。そもそも、そんなものにまだ価値があるだろうか？

イホ・トロトはエーナの気持ちを尊重した。その願いも絶望も受けとめ、無言でヘルキド人をアルマダ牽引機がとめられた格納庫に連れていった。この区域にはシグリド人があらわれておらず、陣地も敷いていないのは、運命の合図だろうか？　エーナの最後の逃亡をアルマディストが妨害しないということだろうか？

ハルト人は、エーナをやさしくおろした。

「危険が過ぎ去ったら、またもどれるぞ」

エーナは顔から涙をぬぐったが、またあふれてくる。終わりだと感じる。

「もう、ここにはこられないでしょう」苦しそうにいう。「どこにも安全な場所はない。あなたのそばでも」

「われわれ、きみを守れる」ハルト人はなんとか声をおさえてうなった。ハルト人も同じように、友を失うのだ！

「無理です。行かなくては」

イホ・トロトはそれを受け入れた。引きとめはしない。

「ハッチを開き、トップサイダーを遠隔操作で外に出す。そうすれば、ズテークは自由になる」

エーナはうなずき、無言でアルマダ牽引機に乗りこんだ。この飛行物体のなかでだけ……アルマディストの技術と設計によるものだから、目立たない……かれは存在でき、生きのびられる。ほかでは無理なのだ。

もはやなにも意味を見いだせなかった。

「幸運を」ハルト人の声が最後に聞こえた。「もどってくるんだぞ、エーナトス、可能になったらな。わかったか、ちびさん。もどるんだ」

＊

搭載艇が飛び立つすぐ前に、ジェルシゲール・アンは、偽アルマディストがシグリド艦のあいだをうろついていると報告を受けた。《キルモル》の乗員数名がその者を見かけたのだが、宇宙空間へ逃亡させてしまったとのことだった。よりによって、異人のもとでその印章を持たない者に遭遇したことに、アンは驚きはしたが、きびしい処置を指示するにはいたらなかった。あの小型生物はそのままほうっておこう。いずれどこかで捕まるだろう。いまはもっと重要な案件がある。

だが、球型艦の調査と異人の事情聴取は期待はずれだった。かれらはテラナーと名乗り、瓦礫フィールドで待機する船団と同じ銀河からきたと認めたが、トリイクル9の悪用にはいっさい関わっていないと主張した。それに対する責任については強く否定していて、かれらと長く話すほど、アンはその言葉を信じたくなった。異人たちのことさら防衛的な態度に、アンは考えこんだ。シグリド人に抵抗する者も、対決を望む者もいない。拘束された宙航士たちは、本当にトリイクル9の状況には責任がなく、かつての監視者種族との平和的な合意を望んでいるように見えた。

あらたな情報がほとんどないまま、ジェルシゲール・アンは《ボクリル》へもどり、アルマダ中枢に報告した。

「ここから先はアルマダ中枢みずからその艦を引きうける」驚いたことに、オルドバンはアンの責任を免除したのだ。

それからすぐ、テラナーがシグリド人の乱暴な侵入によって生じた損害を修復するあいだ、《プレジデント》にアルマダ牽引機が追加装着され、第一七六部隊から運びだされるのを、アンは見た。

オルドバンが出した次の命令で、シグリド艦長たちはある程度、満足した。アルマダ中枢による今後の行動がようやく明らかになったのだ。

「瓦礫フィールドへ突入し、まずは徹底的にそこを調査せよ。異人の艦船が介入したり、調査を妨害したりしてきた場合は、仮借なく放逐せよ……」

「さあ」と、アンはうなった。「時は満ちた。決断がくだされた。戦闘開始だ」

10　将来の閃光

　おまえには、もはやなにもわからない。すべてを失い、やりなおしもできない状況だ。何年にもわたり不毛な努力を重ねたあと、わが家と友を見つけたというのに、またアルマディストから逃げださなくてはならない。ユルカンは猛進するイホ・トロトについていけず、とりのこされた。ステークで球型艦を去ってから、おまえはまたひとりだ。

　絶望と虚無感がおまえをつつむ。この最後の体験のあと、ようやく、なぜほとんどの偽アルマディストが早々のうちにみずから命を絶つのか理解できるだろう。あのときファースリイナに出会っていなければ、おまえもとっくにそうしていたかもしれない……もう、ほとんど終わりのようなものだ。《プレジデント》の外殻にさらにアルマダ牽引機が付着し、球型艦が無限アルマダの中心部に搬送されるのが見える。この展開で、アルマダ内で生存していくのは不可能だと、なにより明確になった。どこにいてもかならず発見される。

　背中に出産穴のうずきがたえまなく感じられる。おまえの命があるかぎり繁殖はつづく。さらに偽アルマディストを増やし、自分と同じような恐ろしい運命にゆだねることになる。おまえはそのすべてを避けるだけのために、自身と胎児を殺そうかとも考えてみるが……すぐにそのエネルギーもないことに気づく。あまりに弱っている。

しかし、おのれの道を進んでいくことはもはやできない。道はとぎれた。すくなくともここ、アルマディストたちのなかでは。ただひとつ、チャンスはおぼろげに見える。かすかな希望の光はトリイクル9近傍に待機する船団、イホ・トロトの友たちだ。そこに行ってすべてを説明すれば、味方になってくれるかもしれない。ためす価値があるのではないだろうか……？

これまでにあらゆるひどい経験をしたのに、それでも……？

おまえはとっさに決意をかためるが、感動はない。むしろ懐疑心と絶望に満ちている。ズステークでシグリド人部隊のなかをこっそり進んでいく。立ちどまることなく、無限アルマダから追放され、宇宙の瓦礫に満ちた宙域に入っていき……

この苦しい堂々めぐりも今回で終了させられると真剣に思ったとき、ふたたび期待が生まれる。

その期待はまた崩壊する。はてしない無慈悲なスパイラルにはまったように。

おまえは叫び声をあげ、泣く。かれらが追ってくる！　シグリド人が追跡してくる。かれらはおまえをわかっていて、圧倒的な力で瓦礫フィールドの奥深くまで攻撃してくるのだ。

だが、この作戦の目的が自分ではないと、どうしておまえにわかるだろうか？　かれらの任務が自分と無関係だと、どうして気づくことができただろうか？

おまえはまたもや狩られていると勘違いする。思考力は停止している。この付近のどこかにトリイクル9があるが、それ以上はおまえにはわからない。目の前で巨大な壁が積みあがり、将来への道が閉ざされたかのように感じる。おまえは乗り物を制御することもできず、ただなにかをするためだけに操縦する。もはやどこに逃げているのかもわからない。意味もない。すべて終わりだ。

狂気とパニックのあいだに訪れる数分間、急におまえは気づく。ズテークがとてつもない吸引力にとらわれたことに。トリイクル9だ……そう叫ぶ声が、最後に明確になった思考のなかで響く。おまえはそこに突進している。よりどころのない絶望的な状態で。

自転する虚無の渦にのみこまれる。メンタル・ショックで意識は抹消される。暗黒につつまれる。

おまえは無限の世界に墜落する……ひそかな切望が叶うだろう。おまえは死ぬのだ。

宇宙での反乱

H・G・エーヴェルス

登場人物

ペリー・ローダン……………………………銀河系船団の最高指揮官
ウェイロン・ジャヴィア……………………《バジス》船長
オリヴァー・ジャヴィア……………………ウェイロンの息子
タウレク………………………………………彼岸からきた男
エリック・ウェイデンバーン………………スタックの提唱者
ジェルシゲール・アン………………………《ボクリル》艦長。シグリド人司令官
ターツァレル・オプ…………………………シグリド人。アンの代行
ブロドル………………………………………クルウンの最高司令官
ヘルゴ…………………………………………クルウン。戦闘指揮官
クリクル………………………………………クルウン。ブロドルの四男

1 迷宮

かれは、自分がだれだか忘れていた……どこにいるかもわからない。しかし、自分であることは理解していた。自分以外のだれが、この呼び声を受けとめられるだろうか！その呼び声が、意識全体を呼びさますようにリズミカルに響きつづけ、そろそろ決定的な処置をするときだと命じてくる。

呼び声は弱くなった。リズミカルに響くこともなくなった。呼び声に耳をすます。失望と憧れに満ちて……しかし突然、自分が憧れているものがなにかわかった。

スタックだ……！

しかし、そうひらめいたとたん、その思いはまた消え去り、なぐさめるような暗闇がおりてきた……

＊

「すべてのうつろいゆくものは比喩にすぎない、か……」グッキーがぼんやりいった。

グッキーは、ペリー・ローダン、ジェン・サリク、ロワ・ダントン、ラス・ツバイとともに《バジス》の分析評価室にいた。ネズミ＝ビーバーとツバイのチーム、それにクリフトン・キャラモンが無限アルマダ周縁部での調査から持ち返ったデータを、ハミラー・チューブを使って分析するのだ。

「だれの言葉だ？」ジェンが興味深そうにたずねた。

グッキーは答えず、テレパス特有の、首をかしげるようないつもの体勢をたもっていた。

「われわれの意見は一致したな。無限アルマダの行動は、フロストルービンが発見されたことと、それがトリイクル9という物体と同一とみなされたことをしめしている。アルマディストたちはトリイクル9を長いあいだ探しもとめてきたらしいが」ローダンがすこし立腹したようにいった。「いったいわれわれ、これに関してどんな冷静な思考ができるのか……」

「ここにいるウェイデンバーンに関係があるよ」イルトが考えこみながら話をさえぎった。「かれの思考さえキャッチできればなあ！　環状接続のようなもので遮断されているみたいなんだ。とりわけ強い感情しかもれてこない」

ローダンは怒りが消えて興味がわき、たずねた。

「だれの話だ、グッキー？」

「ウェイデンバーン主義者たちが噂してる密航者さ。ひそかに《バジス》にもぐりこんだにちがいないよ」イルトはまだなかば放心状態でいった。

「フェルマーといっしょに船内を数時間探したが、シュプールは発見できなかったんだろう、グッキー」と、ラスがいう。

イルトはテレポーターを見つめた。

「なんだって？」

ラスは嘆息した。

「きみは、こっそりだれかのようすを観察して、それが密航者にちがいないと思っている。だが、もし密航者が船内にいるなら、あのときフェルマーといっしょに、思考をキャッチしていたはずだ」

グッキーはかぶりを振った。

「特別な状況だと、こっちを立てればあっちが立たないのさ、ラス。ぼくも、自分がキャッチしたのが密航者の思考の断片かどうか、はっきりわからないんだ。ただ、その断片がとっても奇妙だから、そう推測しただけで。いまはもう、さっぱりだ」そういうと、ぎくりとして、「まずい！」

次の瞬間には非実体化していた。

ローダンはすばやく行動した。アームバンド・テレカムを作動させ、フェルマー・ロイドを呼びだす。

テレパスは数秒後、《バジス》の主司令室から通信してきた。

「グッキーがたったいま、どこにテレポーテーションしたか確認してほしい！」ローダンはいった。「ラスをそっちに送る。グッキーを追いかけてくれ！」

ツバイのほうをすこし振りかえると、テレポーターは微笑してうなずき、すぐに非実体化した。

「ちびの思考をとらえました」フェルマーがアームバンド・テレカムで報告してくる。「だれかを探しているようです……人員用の小エアロック室にいます。だれかが宇宙服を着用しないまま《バジス》を離脱するのを恐れているようです。しかし、グッキーはそれを逃しました。ラスがきます。われわれ、調べてみます、ペリー」

「だれかが宇宙服を着用しないで《バジス》を出ようとしている？」ロワがたずねる。

「エアロック・コンピュータに阻止されるでしょう」

ローダンは息子の言葉を受け流し、コミュニケーション装置の操作盤を見つめた。装置は分析開始時からずっとハミラー・チューブとつながっている。

「それはわたしが確認いたしましょう、サー」ハミラー・チューブがいう。「すべてのエアロック・コンピュータは、宇宙服や規定の密封装備がない者が立ち入ったら、外側ハッチの自動開閉装置を妨害するようにプログラミングされています」

「さらにきみに報告が入るのだな、ハミラー？」と、ローダン。

「もちろんです、サー」

「では、こうした報告はあったか、ハミラー？」

「いいえ、そのような報告はありませんでした、サー」

ローダンは安堵し、テレカムに向かっていった。

「グッキー、フェルマー、ラス！　これまで、宇宙服なしでエアロック室に入った者はいない。ハミラーの情報だ」

テレカムからは応答がなく、かわりにまもなくミュータント三名が分析評価室で実体化した。

「根拠のない大騒ぎだった」ロワがいう。「密航者なんていないだろう、どうだ？」

「だれかがとっさに脱出のことを考えたんだよ。すごく感情的にね」ネズミ＝ビーバーが不機嫌そうに答える。「ぼくには、それは《バジス》からの脱出を意味するとしか思えなかったんだ」

「でも、なぜ、宇宙服なしで？」ジェンがたずねる。

グッキーはとほうにくれたようなしぐさをした。

「キャッチできた思考の断片を集めて、わかっただけさ」

「いずれにしても宇宙服を着ていなければ、エアロック室に入れない」ローダンが眉間《みけん》にしわをよせる。「だが、なぜきみは明確な思考ではなく、思考の断片だけをとらえたのだ、グッキー？　どうしてウェイデンバーンと関係あると思った？」

「相手の精神が混乱していたにちがいないよ」イルトは最初の質問に答えた。「思考が堂々めぐりしていたって意味。で、次の質問だけどね、ペリー。そいつは明らかにウェイデンバーン主義者だ。思考の断片と、スタックに関わる最後のはっきりした思考からわかったんだ」

「最後のはっきりした思考？」ロワがたずねる。

「ともかく、ぼくがキャッチした最後の思考だよ。その生物の思考は突然、消えたんだ。意識がなくなったみたいに。ぞっとするよ、ペリー。ぜったいにあれは密航者の思考の断片に関係していたと思う。この銀河系船団のウェイデンバーン主義者たちに、もっと注意を向けるべきだよ。スタート直後の調査で、銀河系船団の人員のなかに、ウェイデンバーン主義者が思ったよかいることが確認されたんだから」

「そのようだな」ペリー・ローダンはなだめるようにいった。「それ以上は調査していない。政治的信条を嗅《か》ぎまわるのを中断するよう、わたしが手配したからだ。船団指揮官と要員との契約は、個人的事項について釈明するようもとめるものではけっしてない。だから、そうした調査もしてはならないのだ」

「その個人的活動が契約実行にネガティヴな影を落とす場合は、話はべつだよ」ネズミ＝ビーバーが反論する。

「この点で、なにか根拠のある疑惑でもあるのか？」ペリー・ローダンがたずねる。

「ないよ」

「では、その問題は触れずにおこう」締めくくるようにローダンがいう。しかし、なにか不吉な予感がしていた。

＊

「もうすこしで気づかれるところだったよ、ハミラー！」オリヴァー・ジャヴィアがいって、《バジス》のコンサート・ホールのドアのわきの壁にもたれた。「だけど、あのおじさん、いったい、だれ？」

「わたしにもわからない」そばの船内スピーカーから、ハミラー・チューブの声が答える。「しかし、すくなくともきみは、推測くらいはしてると思っていたよ。かれを見捨てないでと主張したのだから」

「とほうにくれている人を見捨てられる？」少年は大きな青い目でスピーカーをとがめ

るようににらんだ。「あの人、もうちょっとでエアロックから外に出ていきそうだった……宇宙服なしで」

「大げさだよ、悪童オリー」船載ポジトロニクスがいう。「防衛策がちゃんとある。そんなやり方では自殺できないようになっているのだよ。それに、あの人間はけっして、それほど無力ではない。きっときみは気づかなかっただろうが、わたしにはわかる。パラプシオン性の走査を巧みに遮断する場所をかくれ場にしているのだから」

オリヴァーは皮肉をこめてにやりとした。

「ともかく、ぼくだってきみと同じくらいには頭が切れるんだよ。どうしてグッキーとフェルマーがあのおじさんを発見できなかったか、その理由をぼくが考えられないとでも思ってるの？」

「三月十日の捜索の話だね」と、ハミラー・チューブ。「あのとき、すでにかれを観察していたのかな？」

「もちろん！　だから毎日、あの人がかくれ場を出ないかどうか、たしかめにいっていたんだ。救護ロボットが食糧品を運ぶのを十一回見た。おじさんはいつもなかにいたよ。外に出てきたのはきょうだけ。だけど、きょうはものすごく困って見えたんだ。とても変な目つきをしていた。病気なのかな？」

「たずねてみるべきだったね」

「そうしたら、グッキー、ラス、フェルマーに捕まったもん」

「だが、かれらは危害はくわえない。救助しただけだろう」

「わかってるよ、ハミラー。だけど、当人が見つかりたくないと思ってるんだから！」

　大きな嘆息が聞こえる。

「わたしはなぜ、こんなゲームに参加してしまったのだろう、悪童オリー。いつだってきみにそそのかされて、すべきでない行動をするはめにおちいる」

「だけど、楽しいでしょ」

「この一件が楽しいかどうかは、確信がもてない。せめて父上には打ち明けるべきでは？」

「なにいってるの！　パパは無限アルマダの監視で忙しいんだ。パパに話したら、楽しみもだいなしになるだけだよ。密航者は冗談にならないって、いってたもん」

「では、わたしにとっても冗談にはならないな」

「ああ、ハミラー、つまんないことにこだわらないでよ！　ぼくの友だっていってくれたでしょ。密航者がいなかったら、退屈すぎるよ」

「退屈？　無限アルマダに遭遇し、フロストルービンの謎を解こうとしているのに、それでも退屈だというのかい？」

「無限アルマダなんか、退屈だよ。何度か見たよ、探知エコーの山をね。フロストルービンもくだらないよ。とてもちいさくて、まったく見えないんだ」

「五次元物体は目には見えない、悪童オリー」

オリヴァーはつまらなそうにあくびをした。

「さ、こんどはなにをしようかな？　《シゼル》だ！　タウレクの《シゼル》をじっくり見たいんだ、ハミラー。ゆうべタウレクの夢をみたんだよ。グウルゼルに乗ってガラスの橋をこえてコスモクラートの国に入るんだ。ぼくを連れていってくれるんだよ。たどり着く前に目がさめちゃって、残念だったな」

「グウルゼルとは？」

「巨大な白い翼《は》を生やした大きな馬みたいな生物だよ。本当はどんなものか、タウレクが説明してくれたけど、忘れちゃった」

「ああ、夢に出てきたんだね！　一瞬、グウルゼルが実在するかと思ったよ」

「どうしてそんなこと信じちゃうの、ばかだな、ハミラー！」オリヴァーはくすくす笑った。

「なんだって？　ああ、たしかにわたしは少々おろかかもしれない。でも、きみが《シゼル》で遊べると思うほどおろかではないぞ。つまり《シゼル》がある格納庫は、施錠されているのだから」

「だけど、きみにとっては鍵なんて問題ないだろ、ハミラー！　お願い、開けてよ、いいでしょ!」

「それではわたしはますますおろか者になってしまう」

「そんなつもりじゃなかったんだ。きみは最高の親友だよ。《シゼル》に乗っても〝掃除しない〟って約束するから」

「〝操縦しない〟ということかな」

「そう、そう! 約束するよ、ハミラー! ぜったい操縦しない。格納庫を開けてよ! だれにもいわないから」

「ま、いいだろう。だが、しっかり監視しているよ、きみが指一本《シゼル》に触れないように」

2　トリイクル9

ジェルシゲール・アンは、謎に満ちた陰鬱な瓦礫《がれき》フィールドに突入した旗艦の司令室に立ち、奇妙な敗北感を味わっていた。

はてしなく数世代にわたって捜索しても接近できなかった目的地にこれほど近づけたことはなかったにもかかわらず、敗北感につつまれている。リウマチのはげしい痛みが背中の脂肪の瘤《こぶ》を刺すようにつらぬき、それをやわらげるために大きく前かがみになった。痛みがやわらぎ、鈍いうずきに変わると、ふたたび立ちあがる。くぼんだ黒い目で、大スクリーンを仔細《しさい》に観察した。瓦礫フィールドのポジトロン映像がうつっている。数千の恒星が燃えているかのようだ。

かたちも大きさも多様な数十万の残骸片が、壮大にゆっくりと宇宙空間を動いている……その隙間を、アルマダ第一七六部隊の五万隻の艦が蛇行して進んでいく。危険な衝突を避けるため、つねにコースを調節しながら。

しだいに敗北感の理由がわかってきた。五万隻の艦が、通常のように一部隊としてではなく、戦闘後に追い散らされたように個別に行動しているからだ。

だが、それだけではない。

トリイクル9は、数百万隻、数億隻にものぼる宇宙船が想像を絶する長い時間をかけて探してきたものと合致しなかったのだ。実際のところ、無限アルマダのなかに、かつてのトリイクル9の姿を知っている者はだれもいないのだが。オルドバンがただの伝説でなければ、ひょっとすると知っているかもしれない。

確実なのは、トリイクル9は〝思っていたもの〟ではなかったということだ。

それは聖なる場所であり、黒の成就の顕現であるはずだった。

だれかがそれを持ち去り、悪用したのだ。

アンは八本指の両手を、壊さんばかりの力をこめて目の前の手すりにかける。聖遺物を汚した邪悪な存在に対する怒りに揺さぶられた。

「やつらが、われわれの妨害でもするつもりなら……！」

こういったのはターツァレル・オプだった……声にはとてつもない憎悪がこもっている。

アンはわれに返った。

自身もオプのように、憎悪のあまり理性を失う寸前だったと気づく。

オプにしたがっていたら、五万隻のシグリド艦は二十八日前の当時、瓦礫フィールドを航行していた異宇宙船のすべてを滅ぼしただけでなく、瓦礫フィールドのすぐ前にとどまっていたべつの異人の二万隻弱の船団もとっくに攻撃していただろう。

アンは武力による争いがいやだというわけではないが、有意義な行動と無意味な行動は区別している。

トリイクル9の現状の責任が異人の艦隊にあると判明した場合、一刻もためらわず攻撃命令をくだすだろう。しかし、それが確認できなければ、無実の者を滅ぼすためにエネルギーや気力を浪費するのは無意味だ。

「われわれがここにいるのは、瓦礫フィールドを調査し、トリイクル9の変形の意味を探るためだ」と、自分の代行をたしなめる。

首を左に向け、天文学者のランを見やる。ランは、深紅の水疱状皮膚におおわれた頭の上に、ほとんど無色透明のコミュニケーション・アーチを装着していた。頭にぴったり密着させているが、水疱のあいだから突きだす聴覚突起に接触したセンサー数本だけは解放している。食糧摂取口と発話器官を兼ねた漏斗《ろうと》状の顎の前、コミュニケーション・アーチの下端に、マイクロフォン・ボタンが浮遊している。ランはアルマダ第一七六部隊のほかの艦とずっと通信をつなぎ、天文学者、宇宙物理学者、宇宙化学者、宇宙放射学者たちと話しているのだ。もちろん直接ではなく、コンピュータを使って。コンピュータは情報の洪水をいわば消化し、使用者にとって重要な新しいデータだけを伝える。

ジェルシゲール・アンは忍耐強く待った。つらくはない。忍耐はアルマディストたちが数百万年前から傑出した特質として育《はぐく》み、子孫にさらに伝えてきたひとつの美徳だ。永遠につづくと思える捜索が、この適応能力を生みだすことになったのだ。その捜索に終わりが見えたのは、多かれすくなかれ運に恵まれた偶然だった。

ようやくランは顔をあげ、司令官の視線が自分に注《そそ》がれているのに気づくと、説明した。

「瓦礫フィールドには、ほぼ十億の恒星があります。矮小《わいしょう》銀河の平均的な恒星の数に相当します」

「矮小銀河！」技術者のズーが驚いた。「トリイクル9がそれを破壊したのか？」

「違う」と、天文学者。「瓦礫フィールドのほとんどの物質は、二重の縮退状況をへている。この二重縮退を考えると、トリイクル9がここに運ばれて自然の発展が妨げられる前に、矮小銀河の恒星は縮壊し、ブラックホール形成の寸前だったと思われる」

「この短時間でずいぶん多くのことがわかったな」アンがいう。

しかし、すぐに、すくなくとも二十万名の科学者が五万隻の艦の機器を使って同時に瓦礫フィールドにとりくんでいるのを思いだした。それを考えると、これまでの成果はそれほどすごいものではない。

「もちろん、さらに多くの発見が必要だが」と、つけくわえ、早計だった讃辞をやわらげる。「アルマダ中枢のデータから、トリイクル9の自転速度がかつての矮小銀河の瓦礫のそれよりもかなり速いのがわかる。恒星の自転は、ブラックホール形成の段階で急速に進むので、その自転エネルギーがほぼすべてトリイクル9にうつったのもうなずける。

しかし、それはまだ、ブラックホールになる前の恒星がとてつもない圧力で爆発することなく、あらゆる方向に瓦礫が飛散しないことの説明にはなっていない。その理由をわたしは知りたい」

「科学者たちが、この矛盾の真相究明にとりくんでいます」ランが説明する。「一部の徴候から推測できるのは、ブラックホールの前身である恒星が、エントロピー増大のプロセスをへて、ある特定の時点で突然、熱エネルギーの大部分を奪われたことです。これが、爆発にいたらなかったことの説明になるでしょう。飛散しようとした物質は、熱エネルギーが運動エネルギー・インパルスに転換された瞬間、いわば凍結されます。しかし、これに関しては、さらに詳細な調査がされなくてはなりません」

アンは天文学者に手を振って尋問から解放し、ふたたび《ボクリル》のタンクのまるみを帯びた艦首にある、ホールのような司令室のスクリーンを見つめた。固定データや変動データ、ダイヤグラム、リフレックス、くりかえしあらわれるあらたな情報を目から吸収し、脳内で的確に処理する。

シグリド人の部隊にとり、かれは統一され調整された構成要素であった。それでも、かれの脳は、かならずしも関係ない思考も生みだす。

そのため、まさにこの瞬間、アンは考えていた。未知の艦隊の宙航士たちはどのように考え、どのような倫理的指針によって行動を定めるのだろうか、と。すべて、本来はかれが気にするべきではない問いだ。アルマダ中枢の問題だからだ。

しかし、それだけでなく、かれは突然、異宙航士のだれかと接触してみたいという、まさに非合理的な憧れを感じたのだった。

＊

艦長ヘルゴのまるい頭が休みなく左から右へ、右から左へと大きく動く。黒いボタンのような目は、《オックル》の司令室の無数のスクリーンと、低くせまい制御コンソールの前でひしめきあう専門家たちを鋭く見つめた。この者たちもつねに頭を動かしている。本来は制御だけに集中すべきなのだが。司令室にはかれらの声が響いている。があがあ鳴くような声がとぎれることなくつづいていた。

「きわめて正確な遷移だ」ヘルゴの隣りでだれかがいった。

艦長はそちらに数秒おきに目を向けていたので、スランドールのブロドルが話しかけてきたのだとわかった。全クルウンの最高司令官で、迫る戦闘を指揮するためにわざわざ秘密基地から、〝自転する虚無〟の宙域にいるクルウン艦隊のところまでやってきたのだ。

スランドールに対してどうふるまうべきか、ヘルゴはいまひとつわからなかった。自転する虚無の宙域にいる百五十隻からなる艦隊は、実際、自分の指揮下にあるからだ。そのせいで二名のあいだに管轄の問題が生じることは、奇妙にもまったくなかったが。やはり奇妙なのが、ヘルゴとブロドルがたがいにとりきめたわけでもないのに、同じ考えにいたったという事実だった。瓦礫フィールドから追いはらわれた自分の部隊と、瓦礫フィールドの外にいるほかのクルウン部隊を集めること。そして、瓦礫フィールドのすぐそばにとどまっている、二万隻にのぼる船団に向かって飛ぶこと。その船団はいま、かつて存在したなかでもっとも巨大な艦隊……無限アルマダに対峙《たいじ》していることが、二万隻が出した通信のうち、暗号化されていないいくつかのものから聞きとれた。

「全体が集合している」ブロドルがつづけた。「サウパン人、フィゴ人、ジャウク、ゲルジョク……もちろんわれわれの百五十隻の部隊も」

ヘルゴは頭上の青い冠毛……聴覚器官だ……を揺らし、司令室の専門家たちがはげしくかわす対話の断片を聞きとった。

「出発しよう！」ようやくヘルゴは決めた。「とりきめどおり、短いリニア飛行つまり遷移を重ね、異人に疑われないようにするのだ。かれらは、自分たちの部隊をなんと呼んでいる？」

「銀河系船団です」ヘルゴの反対側に立っていた火器管制専門家のハナグルが答える。

「大仰《おおぎょう》な名前だ」と、ヘルゴ。「二万隻の船など、無限アルマダに比すれば無に等しい。衛星サイズの巨大宇宙船にひきいられていても、だ」

「あれは、制動物質の一部を破壊した巨船です」航法士のルフギルがいう。

「そうだ。ゲルジョクの艦長ゲルヌクから聞いた」ブロドルが応じる。「実際、ゲルヌクがそれでも銀河系船団と友好的に接触する心がまえができるのが、不思議だ」

ヘルゴは考えた。わたしもまったく不思議だ、自分たちがそれを望んでいるとは！われわれのめざすところは、自転する虚無と瓦礫フィールドを停止させること。実際、テラナーと名乗るあの異人たちは、われわれの利益も損なったのだ……

こうして考えながら、自分とブロドルは明らかに理由のない計画を実行したか、実行しかけているとわかりかけたとき、ある感覚をおぼえた。それは、熟考すればさらに強く違和感をいだくような感覚だった。

ふたつの場所に同時にいるような明らかな感覚……ここ《オックル》の司令室と、どこかべつの場所に……

この感覚はすぐに消え去ったので、忘れてしまった。それを重要とも思わなかった。自身の動機を意識することだけが、とにかく重要だったからだ。

クルウン、ゲルジョク、サウパン人、ジャウク、フィゴ人は、しばらく前に制御物質の一部を破壊した罪で、テラナーを処罰するつもりでいた。友好的に接触するのはあくまで、無限アルマダに対して銀河系船団との同盟をよそおい、トリックを使ってこのふたつの敵のあいだに対決を引き起こすためなのだ。

ふたつがたがいに戦っているあいだに、あらたな制御物質がつくれるかもしれない。自分たちの目的は変わらず、自転する虚無の停止なのだから……

3　超越知性体の道具たち

「フロストルービンは、無限アルマダの者たちがトリイクル9と呼ぶ物体と同一だとわかった。それがセト＝アポフィスに悪用され、崩壊する矮小銀河の自転エネルギーを使ってポルレイターにより封印されたこともわかった。だが、それはわれわれにとってあまり役にたたない、ハミラー」と、ペリー・ローダンがいった。

いまだ《バジス》の分析評価室にいる……ジェン・サリク、ロワ・ダントン、ラス・ツバイ、グッキー、フェルマー・ロイドもいっしょだ。

「セト＝アポフィスがフロストルービンを、意識の断片や刻印の貯蔵場所として、さらにM－82銀河へ行き来する出入口として使っていたことも、わかっています」

「わざわざ説明してくれなくてもいい」ローダンは、フロストルービン内部でタウレクとともに体験したことを思いだしてぞっとした。「だが、その構造は漠然としている。せいぜい仮説をたてられるくらいだ。セト＝アポフィスに悪用される以前のフロストルービンがどんなものだったのか知ろうとすれば、それはさらに困難になるだろう。きわめて貴重なものだったにちがいない。そうでなければ、無限アルマダがこれほど長い時間をかけて粘り強く探したりはしなかっただろう」

「情報不足で、それに関しては仮説をたてることもできません」と、船載ポジトロニクス。「もう一度強くおすすめしますが、タウレクにかれの持つ知識を明かさせるのです。物質の泉の彼岸からきたあの存在は、重要な情報をにぎっているにちがいありません。さもなければ、出来ごとに影響をおよぼせなかったでしょう」

「すでに何度も質問した」ローダンは不機嫌そうに答える。「これまで秘密を暴露するつもりがなかったか、あるいはかれ自身も情報を知らないのだ。われわれ、キウープの例で、コスモクラートの代理人がどれほどひどい情報不足に悩んでいるかわかった。アトランも物質の泉の彼岸にいたときのことはおぼえていない。ひょっとすると、記憶喪失は、こちら側へもどってくるさいの不可避の結果なのかもしれない」

「それはありえるでしょう。こうなると、引きだせる情報はおそらく無限アルマダからの……正確にいえば、アルマダの司令本部にあるデータ記憶バンクの……ものだけです。近いうちに友好的な接触をするようおすすめします」

「無限アルマダへはたえず、通信シグナルを送っている」ジェンがいった。「しかし、だれもわれわれと接触する気がないようだ」

「もしかして、かれらにとってはわれわれの部隊がちいさすぎるから、過小評価されているのでは？」フェルマーがいう。

「そうは思わない」ローダンがいった。「それよりも、かれらの内部で大きな問題が生じているように見える。グッキーとラスの出動報告では、各アルマダ部隊のあいだには対立関係があり、甚大《じんだい》な争いが起きる寸前まで高まっているということだった」

「共通の目的は忘れてないけどね」グッキーが口をはさむ。

分析評価室のインターカムが、呼び出し音をたてた。ローダンが視線スイッチで作動させると、スクリーンにウェイロン・ジャヴィアの顔があらわれた。

「ロワもそこにいますか？」《バジス》船長がたずねる。

ローダンがうなずき、ロワは立ちあがると、インターカム・カメラの認識範囲内に移動した。

「一万二千隻の宇宙船が銀河系船団に接近しています」ジャヴィアが報告する。「セト＝アポフィスの補助種族の鳥生物で、おそらく瓦礫フィールドから最近、アルマダ艦によって追いだされた艦隊だと思います」

「戦闘フォーメーションで接近しているのか？」ロワがたずねる。

ウェイロンはかぶりを振った。

「もっとゆるやかで、クルウン、サウパン人、ジャウク、フィゴ人、ゲルジョクの五編隊構成です。その先頭はクルウンで、短い航程をくりかえして接近しています」

「すぐに行く」ロワがいう。

「われわれも行こう」ローダンがつけくわえた。

＊

グッキーとラスはローダンたちを連れて、一刻もむだにしないよう《バジス》の主司令室にテレポーテーションした。

主司令室に入った者の視線は、無限アルマダをあらわす探知リフレックスの洪水にいやおうなくとらえられる。

ペリー・ローダンはこの群れをスクリーン上ですでに何度も見ていたが、毎回あらためて恐ろしさを感じ、息を奪われた。

それは銀河の渦状肢を遠くから見ているようで、宇宙の奥深くにひろがる数百万の星の海をのぞきこむかのごとくの光景だった。一定の距離から見ると、人類の目には、永遠のなかに消えていく散漫とした霧のようにうつる。

永遠の大艦隊……無限アルマダだ！

「あの艦隊はやがておちつくでしょう」ジャヴィアは、たったいまついた者たちがなにに心動かされているのかわかっていて、いった。「のこりの航程はほぼ終了です」

ローダンはうなずき、いくらかリラックスして、点滅する赤い矢印で強調されている、よりはっきりした探知結果に注意を向けることができた。

リフレックスであらわされたちいさい五艦隊が瓦礫フィールドの宙域のはしにいて、五万隻のアルマダ艦隊のなかに展開している。

「距離は？」ロワがたずねる。

「二十四光日です」サンドラ・ブゲアクリスが答える。《バジス》の副長であり、宇宙生物学者、宇宙物理学者、航法士でもある。

その答えに、ローダンは銀河系船団前方における出来ごとのスケールの大きさをあらためて意識した。瓦礫フィールドが小惑星群ではなく、矮小銀河の残骸でできているのを思いだす。中心には横幅二千光年、縦が百光年以上の自転する虚無があるが、それよりもはるかに大きな宇宙的スケールなのだ。

ジャヴィアの前で、スクリーンが光った。アトランの上半身がうつる。アルコン人は《ソル》船内にいた。

思わずローダンは、最後のハイ・シデリトで《プレジデント》の指揮権を引きうけているタンワルツェンのことを考えた。

かれの最後の指揮か！

芝居がかるな！　ローダンは自戒した。イホ・トロトと同じように、いずれタンワルツェンとも再会できるだろう。アルマディストはたしかに大胆なやり方をするが、セト

＝アポフィスの補助種族に対する態度から、敵の破滅を意図しているわけではないとわかる。

「やあ！」と、アトラン。「セト＝アポフィスの兵士たちの接近をどう思う？」

「いまのところ、攻撃コースを進んではいないとしかいえません」ジャヴィアが答える。

「艦隊がまた消えました」と、サンドラ。「次のリニア飛行に移行したか、いつものように超光速で前進しているかです」

フロストルービン付近に基地を持つセト＝アポフィスの補助種族とその宇宙船についての情報は、かれらについて学ぶ時間が充分あったイホ・トロトから得たものだ。クルウンは遷移エンジンを、ほかの種族はリニア・エンジンのようなものを使用すると知られている。

さらにべつの情報がハルト人からもたらされていた。

「クルウンは、セト＝アポフィスから直接的に影響されてはいません」ローダンはいった。「その行動方法はネガティヴ超越知性体の計画と一致していますが、かれら独自の自由な決断にそっているようです。もしかしたら、アルマダ艦によってフロストルービン宙域から追われて、われわれに保護をもとめているのかもしれません」

「セト＝アポフィスによって操られている四種族の連盟を、仲間にくわえるために連れてきたのか？」アトランは疑うようにたずねる。

「無限アルマダのせいでセト＝アポフィスはひどく苦しんでいます」ローダンが説明する。「だから、補助種族に対する支配力を失ったか、放棄したということは考えられます」

「かれらがまた出現しました！」サンドラがいう。

ローダンは通常空間の、五編隊のあらたな位置をしめす点滅する矢印を見つめた。

「距離、二十光日」と、サンドラ。

「慎重に接近することで、友好的な意図があると表現しているのでしょう」《バジス》のネクシャリスト、レス・ツェロンがいう。

「それは、かれらの意図が本当に友好的なものだという証拠にはならない」アトランが指摘する。

「もちろんです」ロワが答える。「しかし、待つことはできるでしょう。いずれにしろ、警報段階ベータですから」

ロワは全体放送に接続を切り替えて、いった。

「ロワ・ダントンから銀河系船団の全宙航士へ。クルウン、サウパン人、ジャウク、フィゴ人、ゲルジョクの編隊が接近している。戦闘フォーメーションではなく、きわめてゆっくり前進しており、友好的接触だと推測される。それでも用心をおこたるな」

ロワは、ハイパーカム端末の前にすわる《バジス》首席通信士、デネイデ・ホルウィコワを見やる。デネイデは、無限アルマダとの通信コンタクトを監視・調整し、アルマダ内部の交信に侵入して暗号解除を試みている。

デネイデがかぶりを振ると、ロワはつけくわえた。

「無限アルマダは、これまでわれわれの存在に反応せず、呼びかけにも応答していない。それだけだ。あらたに報告すべきことが生じたら、また通信する。以上！」

＊

タウレクは、自分に割りあてられたキャビンのハッチにゲシールがあらわれたとき、はじめはためらった。それは、しばらくじゃまされたくないと思っていたからというよりも、彼女が思いだしたのではないかという懸念からだった。

しかし、彼女の目を探るように見つめ、取り越し苦労だったとわかった。彼女はまちがいなくなにかを感じている。しかし、最初にこちら側で出会ったときと同じように、真実には気づいていない。それで充分に安堵して、すこし話し合いたいという彼女の希望に応じた。

キャビンに招き入れ、あいている場所をしめすと、向かい側にすわった……うっかり触れてしまわないように、充分な距離をとる。こちら側で最初に目を見かわしたとき、ひどく心の動揺をおぼえたから。

「なにか飲み物を出そうか？」愛想よくほほえんでたずねる。「このキャビンの自動供給装置は、選択肢がきわめて充実しているよ」

ゲシールはこの誘いに乗らずに床を見つめていたが、顔をあげてたずねた。

「いま、キウープがなにをしているか、知っている？」

彼女の視線に、タウレクは応えた。

「キウープ？　テラナーの名前ではないね？」

「あなた、かれの名前も知らないの？」失望したようだ。

「わたしはその者を知らない。ご存じのように、わたしはずいぶん長いあいだ……旅をしていたものでね」

「キウープは、宇宙の捨て子よ。ともかくテラナーたちはそう呼んでいる。星々のあいだで発見された物体のなかにいて、はじめは自分の過去も思いだせなかったから。あとになって、ヴァマヌという名のアヴァタルの話から、キウープがコスモクラートの任務を受けて、ヴィールス・インペリウムの再建に関わっているとわかったの。惑星ロクヴォルトで作業していたんだけど、その後、テラがポルレイターに支配されていたあいだに帰ってきて、それっきり忽然《こつぜん》と姿を消したわ」

タウレクはゲシールをじっくり見つめ、彼女は自身とキウープについて、なにかかくしているようだと気づいた。しかし、それについて意見をもとめはしなかった。重要なことではない。また、ゲシールに対する同情のような気持ちも芽生えていた。彼女が苦しんでいるのを感じるが、たとえ可能であっても、自分には彼女を助けられないこともわかっている。それに、今回は情報がたりない。ヴィールス組立工のキウープがなにに携わっているか、ぼんやりした予感があるだけだ。

「わたしは知らないのだ、ゲシール。しかし、運命で定められていれば、時宜を得たときに知ることになるだろう……ひょっとすると……」と、いきなり話を打ち切る。

「ひょっとすると?」ゲシールがくいいるように見つめる。その謎めいた視線はなにかを感じさせるが、タウレクは引きよせられなかった。

困ったようなしぐさをして、

「すべてのものごとには時機がある。ここではそういうものなのだ」

これはゲシールにとって、あらかじめプログラミングされた心理的反応を引き起こすキイワードのようだった。深いトランス状態におちいったかのように、ゲシールはひと言もいわずにキャビンを出ていった。

4 戯《たわむ》れ

オリヴァー・ジャヴィアは、直径十メートル、長さ八十メートルのパイプ形物体の周囲をまわると、すこしはなれて、その中央上部のプラットフォームが見えるところまで移動した。

「そこの上の鞍《くら》の前にあるピラミッドは、制御装置だね、ハミラー？」ませた調子でたずねる。

「そうだよ、悪童オリー」船載ポジトロニクスが全体放送のスピーカーで答えた。「でも、期待してはいけない。まず《シゼル》はけっしてきみの思いどおりにならない。次に、プラットフォームの上にはエネルギー・バリアのドームがある。タウレクは、資格のない者に自分の乗り物を乗っ取らせるような危険はおかさないからね」

少年は、プラットフォーム前方の先端にある座席を憧れるように見つめた。それはインフォで調べたとおり、本当にテラにある馬の鞍に似ていた。

一回だけ、あそこにすわりたい！

すわれるよね！

「あれ？」

かちりと音がして……次の瞬間、格納庫の床とプラットフォームとのあいだに、銀色に輝く細い金属の梯子《はしご》がかかった。

そしてドームは消えていた！

「いったい、なにをした、悪童オリー？」ハミラー・チューブが驚く。

しかし、オリヴァーは、すでに梯子の下に到達していて、上に向かってひたすらのぼりはじめていた。

「すぐにもどりなさい、オリヴァー！」ハミラー・チューブが命じる。「子供のおもちゃではない！　そんな梯子をどうやってのばしたのだ？」

少年は息を切らして梯子をのぼりきり、鞍に跳び乗ると、両手を操縦ピラミッドにかけた。一度さわればそれで満足だと、ずっと思っていたのだ。

しかし、意識のなかで魅惑的なテレパシーのささやきがしたとき、それは忘れてしまった。子供らしい無邪気さで、それについてはまったく考えない。いいじゃないか！

タウレクはオリーにとって異人ではない。宇宙のヒーローであり、星の騎士でもあって、父親と同じくらいに信頼し尊敬している。

ハミラー・チューブは格納庫の出入口封鎖のスイッチを入れ、十体のロボットを呼び、警報を発した。

オリヴァーはそれに気づかなかった。透明ドームが自分とプラットフォームの上をおおったからだ。子供らしい空想の世界を漂いはじめる。

オリヴァーにとって、格納庫と《バジス》はもはや存在しなくなっていた。意識のなかでも現実のなかでも……

＊

ちょうど《バジス》の主司令室に入ったタウレクは、突然、からだをこわばらせた。顔は死者のように蒼白だ。

主司令室にいたペリー・ローダンやほかの者たちは驚いた。タウレクが入ってきたことは、その奇妙な服がささやくような音をたてるため、だれもが気づく。そのため、全員の視線がタウレクに注がれていた。

しかし、全員がひと言も発しないうちに、スクリーンがはげしく点滅し、船載ポジトロニクスの声が響いた。

「警報！　悪童オリーが《シゼル》に乗って……ドームがかれの頭上で閉まったのです。格納庫の出入口を封鎖しましたが、それでうまくいくかどうか……いま、《シゼル》がスタートしてしまいました！」

「だが、格納庫の出入口を封鎖したのだろう！」技術者のミツェルが大声を出す。

「そんなことをしても役にたたない」ローダンがしずかにいった。

「絶対運動ですからね」ロワがつぶやく。

ようやくタウレクはおちつきをとりもどした。

「悪童オリーは、きみの息子だな？」《バジス》船長を怒ったように見つめる。その目には、獣のような黄色い炎が踊っていた。

虎の王者キサイマンのようだ！　その思いがローダンの脳裏をはしる。

「探知を！」ウェイロン・ジャヴィアがいった。その声からは、いつもの無頓着さは消えている。「船載ポジトロニクス、探知開始！　《シゼル》の位置を確認せよ！」

タウレクは船長の前に急ぎ、上着をつかんだ。

「どうしてきみの息子が《シゼル》に乗って姿を消したのか、説明しろ！」

「どうか、おちついて！」

ウェイロンが小さな声でいって、光るキルリアンの両手をタウレクの肩に置いた。

〝ひとつ目〟が重く息をつく。獣のような黄色い炎がその目から消えた。

「すまない。われを忘れてしまい……」

「わたしもだ」ウェイロンがいう。「息子がいなくなったんだから。だが、なぜ、そんなことが可能なのか、あなたにたずねたい、タウレク！　《シゼル》が、わたしの息子とともに消えた。あの子はただの子供で、操縦などできない。そんな知識は持ちあわせていないのだ」そういって、タウレクの肩から両手をはなした。

「探知結果、ネガティヴ」サンドラ・ブゲアクリスがいって立ちあがる。「《シゼル》は探知可能領域にいません」

「その結果を認めざるをえません」と、ハミラー・チューブ。

「これがトリックなら……！」タウレクが脅すような響きのこもった声でいう。

「トリックではない」と、ローダン。「ハミラー、少年はどのように《シゼル》へ？」

「ちょっと見ようとしただけなのです、サー」ハミラー・チューブが断言する。「わたしがかれのために格納庫を開けました。かれには《シゼル》に乗る手段も、プラットフォームにのぼる方法もありませんでしたから。それが突然、《シゼル》から梯子が出てきて、悪童オリーはそこをのぼっていったのです。わたしの警告も聞かずに」

「《シゼル》は、コスモクラートの代理人か深淵の騎士だけしか受け入れない」タウレクがいう。

「なぜだ？」と、ローダン。

「その身分のためだ」〝ひとつ目〟が答える。「その身分がほかの作用にくわえ、因果性トラウマをも相殺《そうさい》する」

「因果性トラウマ？」ウェイロンが困惑する。

「原因と作用か……！」ラスが声に出して考えこむ。

「罪と無実！」レス・ツェロンが突然いう。「善悪を区別する能力を持ったときに、人間が背負いこんだ罪のトラウマだ。それのことですか？」

「きわめて原始的な表現だが、基本的にはその定義は正しい」タウレクが答える。

「子供らしい罪のなさか」ローダンがいう。「それだ。七歳の子供もすでに罪を背負いこんでいるかもしれない。しかし、悪童オリーの場合にはまだ、因果性トラウマが引き起こされていない。だから《シゼル》を操縦する力があるのだな？」

「そうかもしれないが、わたしにはまるでわからない」と、タウレク。「しかし、もしそうだとするならば、《シゼル》はもどってくるだろう」

「で、わが息子は？」ウェイロンがたずねた。

「《シゼル》は殺人マシンではない。しかし、だれかの愚行をどこまで防げるか、わたしにはわからない」

「全搭載艇を《シゼル》の捜索に投入しよう」ウェイロンがいった。

「そんなことをしてもむだだろう」タウレクが答える。「《シゼル》は数千光年もはなれているか、べつの銀河にいるかもしれない……それでも、次の瞬間にここにもどることも可能だ。だが、数千隻の搭載艇を使っても、《シゼル》をとらえることはできないだろう」

巨大な装甲ハッチが開き、クリフトン・キャラモンが駆けこんできた。

提督は、ローダンの前で直立不動になり、敬礼した。

「サー、オリヴァー・ジャヴィアが失踪したと聞きました。お許しいただけるならば、ご協力を申しでたいと……」

ローダンはかぶりを振った。

「われわれにはなにもできない、提督。ただここで悪童オリーがもどるのを待つだけだ」

＊

「艦隊がさらに接近しています」サンドラがいった。「先頭の艦隊はたったいま、通常空間にもどりました。あとわずか十七光日の距離です」

ローダンは気持ちを切り替えた。

「で、ほかの艦隊は?」

「いくらか分散し、遅れています。ゲルジョクの艦隊はまだ通常空間にもどっていません。宇宙のエネルギー・フィールドに手間どっているようです」

キャラモンは目を細めて、点滅する赤い矢印でスクリーンにしめされた艦隊の探知リフレックスを見つめると、ローダンに向かっていった。

「意見を述べてもよろしいでしょうか、サー？」

ローダンはおもしろそうに破顔した。

「どうぞ、ＣＣ！」

提督は、あらわになった歯根に冷たい水をかけられたかのように顔をしかめたが、かれの持論によれば、どんな自制心も傷つける、名声や威厳を否認するような言葉をのみこんだ。

「鳥生物は信じられません、サー」と、堅苦しいようすでいう。「クルウンにいたるまで、例外なくセト＝アポフィスの工作員です。友好的な目的でここにくるわけがありません。距離をとるべきだと思います。銀河系船団の周囲二十光日の空間を封鎖領域にするよう指示してください、サー！」

「今回は、完全に提督に同意するぞ、ペリー」アトランがハイパーカムごしにいった。高感度に調整して、ずっと接続していたのだ。

「かれらを信用する気はまったくないのですが」ローダンが答える。「それでも封鎖領域を宣言するのが、今回の良策とは思えません。すでにクルウンが封鎖領域内部にいて、撤退を要求しなくてはならないなら話はべつですが……そうなったら、武器の威力で脅迫しなければ、面子を失うだけのむなしいポーズとなるでしょう」

ローダンはデネイデ・ホルウィコワのほうを向いた。

「クルウンの旗艦との通信を試みてくれ！」

「ちょうど先ほど、呼びかけの信号が入りました」デネイデはいくつかのスイッチを動かした。「言語はコンピュータでアコーシャ語と確認されました。この言語にトランスレーターをセットしてあります」

ペリー・ローダンは通信コンソールに向かい、映像通信の準備がととのうのを待ちながら、アコースモが多くの銀河系文明間の公用語であるように、アコーシャ語もセト＝アポフィスおなじみの補助種族のあいだで同じような働きをしていることを思いだしていた。インターコスモが多くの銀河系文明間の公用語であるように、アコーシャ語もセト＝アポフィスおなじみの補助種族のあいだで同じような働きをしている。

イホ・トロトがフロストルービンのそばに滞在していたとき、そうした補助種族の反乱グループからこの言語を学び、のちに人類にその知識を伝えてくれた。それでトランスレーターを、アコーシャ語の理解のために充分プログラミングできたのだった。

「通信センターが接続をつなぎます」デネイデが告知した。

すぐにハイパーカムのスクリーンが明るくなり、鳥型動物の系統と近い親戚関係にあるのが明確にわかる生物の、三次元カラー映像があらわれた。

「旗艦《オックル》の艦長ヘルゴだ！」異人の言葉の音量がおさえられ、同時にトランスレーターが問題なく通訳する。「われらがスランドールのブロドルが、そちらの艦隊のスランドールとの対話を望んでいる」

ローダンは注意深く、身長百六十五センチメートルのクルウンのずんぐりした姿を見つめた。からだは短い羽にぶあつくおおわれていて、羽というよりむしろ、油っぽく光る、白にたくさんの紺色の斑点がある毛皮のようだ。脚は短くて細く、鉤爪のついた角質の足がある。腕も角質で、不自然なほど前方についている。まるい頭にしわだらけの濃い黄色の顔が、驚くほどの速さであちこち動き、頭上には青い冠毛が突きだして軽く震えている。ローダンはそれが聴覚器官だと知っていた。

銀河系船団の指揮をとっているのはロワ・ダントンだが、ペリー・ローダンのほうが宇宙ハンザの代表および深淵の騎士としてははるか上位にあり、このような重要な交渉はじきじきにおこなうことになっていたので応じた。

「ご挨拶する、ヘルゴ艦長！　わたしはペリー・ローダン、宇宙ハンザの代表だ。きみたちのスランドールのブロドルとの交渉準備はできている」

ヘルゴの映像が消えて、かわりにもっと大柄のクルウンがあらわれた。こちらの〝衣装〟もからだに巻きつけた数本のベルトだけで、フックにはさまざまなものをかけている。その数はヘルゴよりも多い。ブロドルのほうが高位にあることと関係するのだろう。

「わたしはスランドールのブロドルだ」クルウンはいって、顔の幅いっぱいにひろがるくちばしに似た短い口を動かした。「そちらには、スランドールはいないのか？」

ローダンはスランドールには〝最高戦闘指揮官〟という言葉がもっとも適していると

知っていた。トランスレーターは、称号に関する言葉は訳さないのだが。

「われわれにはスランドールはいない。戦闘は回避できるものという見解があるからだ」ローダンは説明した。キャラモンが賛同できないという視線を向けている。平和を愛するテラの精神を強調することが、弱さとして解釈されるのではないかと、また恐れているのだ。

「われわれが戦うのも、敵が降伏しないときだけだ」ブロドルはいい、クルウンの本質的な特徴を明かした。それは、かれらが宇宙時代以前の数千年の人類と同じような倫理的発展段階にあることをしめしていた。「ただし、われわれがここにきたのは、あなたがたの降伏を要求するためではない。無限アルマダのあらたな干渉に対して、ともにもっとも効果的に身を守れるのではないかと話し合うためだ。わたしはクルウン艦隊だけでなく、サウパン人、ジャウク、フィゴ人、ゲルジョクの連合艦隊も代表している」

「それについて交渉する用意はある、ブロドル」ローダンは答えた。「しかし、そちらの艦隊は、これ以上われらの銀河系船団に接近しないほうがいい。回避操作が必要な場合や、そのほか、作戦的な動きをする場合、たがいにじゃまにならないようにな」

ローダンは息子を見やった。その視線は、異人が本当に友好的な接触をもとめてきたことに対する安堵の表情をしめしている。

この瞬間、サンドラ・ブゲアクリスが声を張りあげた。

「瓦礫フィールドの周縁領域で、構造震動を計測しました。ゲルジョクの宇宙船が通常空間にもどるさいに見られる典型的な震動で、その強さでゲルジョク艦隊の艦の総数がわかります」

「だと思った！」キャラモンが声をあげる。「つまり、問題はそこなのだ！」

提督の言葉の意味を、だれもローダンに説明する必要はなかった。しかしローダンは、クルウンが誠実に話しているのだという希望をまだ捨てたくはない。そのため、ブロドルにいった。

「ただし、万一のさいにわれわれの作戦を調整することが可能になるのは、そちらの艦が例外なく瓦礫フィールドの残骸リングに関与しない場合だけだ。ゲルジョクの行動は、残骸リングを通過するアルマダ部隊を挑発することになる。ゲルジョクはすぐに撤退しなくてはならない」

「わたしの望みとしては、アルマダ部隊にはそのような小艦隊を挑発だと感じてもらいたくない」ブロドルが応じる。「ゲルジョクが残骸リングに侵入するのは、僚艦の救難信号を受けたからだ。その艦を曳航《えいこう》するあいだ、艦隊が万一の攻撃にそなえてそれを守ろうとするのは、きっと理解できるだろう」

「ゲルジョクの復帰セクターでエネルギー放電を探知」サンドラが伝える。「戦闘がおこなわれています」

「これをどう説明する？」ローダンがたずねる。

「アルマダ部隊の野蛮なふるまいに、わたしは驚いている」と、ブロドル。「きっとゲルジョクからは攻撃していない。そんなことは常軌を逸していると、わかっているはず。かれらは攻撃を受けたのだ。即刻かれらに通信して、敵から撤退するようにすすめる。同時に、われわれのほかの艦隊があなたがたに接近して航行することを許可してもらいたい。そうすれば、アルマダ部隊は手出ししてこないかもしれない」

「クルウンとテラナーが同盟を組んだかのように見られるぞ！」アトランが警告する。

ローダンはうなずいた。

アルコン人のこの警告を正当だと認めている。一方、ブロドルが真実を話していて、ゲルジョクがすぐに撤退するとしたら、瓦礫フィールドを航行するアルマダ部隊がかれらを追跡する必要はなくなる。銀河系船団の近くに集結したら、ゲルジョクはアルマダ部隊を挑発できないだろう……かれらの動きをうまく管理下における。

「十五光日の距離までの接近は認めよう、ブロドル」ローダンは決断した。「われわれとアルマダ部隊に対する、あらゆる敵意を捨てることが前提条件だ。じきにまた連絡する。以上だ」

デネイデ・ホルウィコワは通信を切った。

「念のため、船団の警報段階をアルファに設定しましょう」と、ロワがいう。「クルウンがわれわれをぺてんにかけようとしている場合、迅速にどんな行動もとれるよう準備しておかなくては」

「かれらは、われわれをだまそうとしています」キャラモンが力強く確信しているようにいった。「わたしなら容赦なく追いはらいますが」

「貴官には質問していない、提督閣下！」ローダンはいさめた。「これまでわれわれは、無限アルマダに友好的な態度をしめしてきた。こちらに明らかに保護をもとめている、われわれよりもはるかに劣った艦隊に武器で対抗して、それを汚してしまうのか？　提督、われわれが無限アルマダでどのように位置づけられるかに、今後の運命がかかっていることを理解しておくように。顔の前で虫が飛んでいたら、それが蝶なのか、蚊なのかで、対処方法が変わるだろう。蝶だったら、おそらくがまんするだろうが、蚊だったら、どうする？」

「たたきつぶすでしょう」キャラモンは淡々と答える。

「そういうことだ」ローダンは重々しくいった。

「ありがとうございます！」ウェイロンがささやく。

ローダンは、船長が礼をいった理由にとっさには思いいたらなかったが、すぐに理解した。戦闘行為に出れば、息子の帰還があやうくなる。そのため、この宙域ができるだけ平穏であってほしいと願うしかないのだ……

＊

クリクルは、自分の父がスランドールであることを呪っていた。そのせいで父は、自分の息子たちを、完璧で理想的な責任感のある宙航士に育てあげたいと野心をいだいている……この理由からクリクルは、よりによって異人の艦隊の〝最高戦闘指揮官〟との接触がはじまろうとしているこの瞬間、艦から降りて、左艦尾翼部のはしで第七調整エンジンのマイクロ・コンピュータの交換をしなくてはならなかった。

「とまれ、できそこないたち！」自分の外部コマンドである小型ロボット二体に近よって、「ぼくが最初に艦を降りる。なんといっても、ぼくはスランドールの四男なんだ。敬意を見せろ」

ロボットたちはなにもいわずにしたがった。指示を受けて作業と援助をする単純な構造なのだ。体長はわずか八十センチメートルで、七歳のクリクルとちょうど同じくらいだ。

耳にあたる青い冠毛を誇り高くまっすぐに立て、用心深く首を前後に動かしながら、クリクルは二体のあいだを通り、敏捷《びんしょう》な身のこなしで金属の梯子をおりると、エアロック・ハッチから真空空間に滑りでた。

当然、からだが宇宙空間に直接さらされないよう、革に似た合成素材の淡褐色の宇宙服を身につけている。防護ヘルメットは透明で、視界がさえぎられることはない。もちろん、宇宙服にはフックがついたベルトを巻きつけている。フックにはさまざまなものがぶらさがっていたが、そのうちのひとつがとくに誇らしい。自分のものではないのだが。父が先祖から受け継いだ、いわゆる携帯銃だ。こっそり持ちだしたのだが、歩くたびに脚にぶつかる。曾祖父の祖父で、ヴーパイドルの戦いでスランドールとして勝利し、ウクルを征服した慧眼《けいがん》のグログルが、もっとも好んだ武器だった。

「ついてこい!」クリクルはひと跳びで、《オックル》の外被におりた。

一瞬、背中にかゆみを感じて、注意がそれる。翼のなごりによって引き起こされる感覚だ。若いクルウンの場合は、その感覚がより強い。翼のなごりは宇宙空間であれ、惑星上であれ、外に出るといつも、翼を使って舞いあがりたいという太古の欲望を感じる。夢のなかでは成功することが多かったが、現実ではまったくだめだった。翼のなごりはてのひらほどの大きさで、歳をとるにつれて、どんどん縮んでいき、ぶあつい羽の衣装のなかに消えてしまうのだ。

ようやく、状況にふさわしい注意力を周囲に向けられるようになると、驚いてぎくりとした。跳んでうしろにさがり、二体のロボットにぶつかる。翼のなごりのあいだにある装備パックにちょうどはげしく衝突し、痛みに悲鳴をあげた。しかし、怒りの矛先《ほこさき》はすぐにロボットから、すべての元凶があるものへうつった。

それは長さ八十メートル、直径十メートルの淡褐色のパイプで、情報バンクを信じるならば、クルウンの神樹の幹に似ている。

しかし、クリクルはすぐに、これが樹幹ではなく、技術によってつくられた物体だとわかった。かたちが規則的で滑らかであり、しかもなにより上部の中央に、シートのついたプラットフォームがあるからだ。シートの前にはピラミッド形の、あらゆる種類の制御機器が積みかさなっている。

クルウンの建造物ではない。

クリクルの責任感が頭をもたげた。ともかく自分は父に個人的に仕える士官候補生で、それは宇宙服の装備にすでにスランドールの記章をつけているのと同じくらい重要な意味がある。クルウンの旗艦のそばに未知の物体が！　すぐに警報を発しなくては！

しかし、このときシートにサル型生物がすわっているのが見えた。

はじめは《オックル》に悪事をたくらむ危険な工作員かと思った……しかし相手が大人ではなく、自分と同じ士官候補生だと気づいた。もちろんクリクルは、テラの宙航士の子供たちも決まった年齢になれば候補生としてのつとめをはたすと考えていたため、そう見当をつけたのだ。

すると、サル型生物がクリクルに手を振ったではないか！

クリクルのなかで、子供の部分が目ざめた。

「おまえたちはそこで待ってろ！」二体のロボットに命じると、飛翔装置のスイッチを入れて、プラットフォームとサル型生物のシートの上に張られた透明ドームのすぐそばまで飛んでいった。

好奇心も旺盛にサル型生物の顔を見る……相手も見返し、また手を振ってきた。

クリクルは、相手の言語を知らないことを残念に思ったが、子供同士の場合は、さほど重要ではない。サル型生物は明らかに自分にプラットフォームにきてほしいと願っているようだ。出入口があるのではないかと期待して、ドームに触れてみる。

すると突然、壁を滑りぬけて、プラットフォームによろめきながら落ちていた。サル型生物はすばやく立ちあがり、クリクルのベルトをつかんで倒れないよう支えてくれた。

「ありがとう！」クリクルはとっさにいった。ヘルメット・テレカムで話しかけたのだが、その言葉はロボット二体の周波に合わせてある。

サル型生物は奇妙なやわらかいちいさな口を動かした。口の上にはまるい穴がふたつあいた突起があり、さらに上にふたつの目がはなれてついていた。変な目だ！　額はクルウンと似ているが、その上からはサル型生物と鳥生物を区別するものが生えている。髪の毛だ！　明るい色のくせの強い巻き毛で、まさに愛らしく、なでたくなる。

クリクルは片手でサル型生物の両方の前足をつかみ……それともこれは手なのだろうか？……その髪の毛をなで、夢中になってがあがあ声をあげた。しかし、サル型生物はそれが気にいらなかったようなので、クリクルはなでるのをやめて、両手もはなした。

サル型生物は口の上の突起にあるまるいふたつの穴を指さして……呼吸のための穴だろうか？……次に指でクリクルのヘルメットをたたいた。

ヘルメットをはずしてもいいのだろうか？

クリクルはドームをじっくり見つめ、いまは閉まっているのを確認した。右手首の簡易計測機器に目をやる。

ドーム内は温度調節された酸素含有空気で、すこし暖かすぎるかもしれないが、耐えられる程度のようだ。クリクルはヘルメットの留め金をはずし、折り返して開いた。

サル型生物は頭をはげしく前後に動かして、口をクリクルの口と同じくらい横に大きく開き、わめき声で言葉があふれるように話しはじめた。

クリクルはそれをまねようとした。わめき声が相手の標準的な挨拶だと思ったからだが、あまりうまくいかなかった。

サル型生物はふたたび黙り、片手で自分の胸を指さしていった。

「オリヴァー！」

神のアンテナにかけて！　なんと複雑な言語だ！　いまのがこのサル型生物の名前にちがいない！

「オルヴリー！」クリクルはサル型生物をさししめしながらくりかえした。

サル型生物の目の上にある半円形のふたつの毛があがり、肩幅のせまい肩が上下に動き、首が前後に振られた。

「オリヴァー!」と、サル型生物はくりかえし、クリクルの胸をたたいてたずねた。

「きみは?」

クリクルは名前をきかれているとわかった。

自分の胸に触れながら名のる。

「キッカー!」サル型生物はくりかえした。どうやらサル型生物もこちらの名前を発音するのがむずかしいようだ……あるいはサル型生物には耳にあたる冠毛が見あたらないから、聞こえにくいのかもしれない。

「クリクル!」と、くりかえす。

「キクー」と、サル型生物。いくらかましになっていた。

クリクルはプラットフォームと空虚空間をさししめした……つまり、銀河系船団がいるにちがいない方向だ。

「きみ、あそこから、きた、オルヴリー?」クルウン語を誤って使えば、サル型生物はよく理解できるのではないかと単純に考えて、たずねる。

オルヴリーは頭をゆっくり前後に動かし、

「そうだよ」と、いった。さらにいくつか、自分の言語として使っていると思われる、理解不能な言葉をつづけた。

「しょうだよ」クリクルはくりかえし、クルウンなまりのアコーシャ語で「クリンベーン」とつけくわえて、同じように頭を前後に動かそうとやってみた。相手の肯定のしぐさだと正しく理解できたからだ。しかし、頸が短すぎてうまくいかない。そこで肯定の意思をしめすために両手の指を大きくひろげた。

サル型生物はのみこみが早く、半時間後には、クリクルとオリヴァーは、身振りといくつかの単語で意思疎通ができるようになり……ともに計画を練ったのだった。

5　不吉な前兆

ジェルシゲール・アンの心は怒りに満ちていた。

数分前には、シグリド人のアルマダ部隊は瓦礫フィールドの調査を十時間以内に完了し、ふたたび無限アルマダの中央後部領域・側部三十四セクターにもどれると思われた。ところが、かなり前に追いはらった多種族艦隊の宇宙艦船数百隻がもどってきて、シグリド艦三隻に向かって戦端を開いたのだ。アンは部隊の一部を調査作業から引きはなし、攻撃された三隻を援助するための戦いに投入せざるをえなかった。

《ボクリル》は戦闘区域の近くにいたため、アンはここも指揮した。しかし、旗艦とともに戦闘行為に介入しようというターツァレル・オプの圧力には抵抗した。リウマチのあらたな発作で攻撃的な気分になっていたのだが。アンはそれよりもまずは観察に集中し、小型ロケット型宇宙船に乗った異人たちの行動に対して判断をくだすことが重要だと考えていた。《ボクリル》を戦闘に投入しては、それは不可能になる。そうなれば感情的に戦闘に巻きこまれてしまうからだ。

事態は、アンが正しかったことを裏づけた。艦首が尖り、胴体に主翼と多数の安定板のある淡青色の細長い宇宙船は、決戦を望んでいたわけではない。優雅な航行術と偽装工作は明らかに、ただ混乱を引き起こすためだけのものだった。

老練の司令官はほとんど残念に思った。シグリド人宙航士たちのほうは、宇宙のバレエと見せかけの戦闘を技巧的に組み合わせる感覚を養っていないからだ。シグリド人は攻撃者を乱暴にあつかっている。攻撃者が短いリニア飛行で姿を消して通常空間の予想外のポジションにふたたび出現することをくりかえしていなければ、おそらく大半が銃撃に出ていただろう。

もしもアンがターツァレル・オプのたえまない圧力に負け、充分な増員を招集していたら……

「敵の出すぎた行動をたしなめなくてはいけません、アン！」オプがいう。「たったいま、かれらの五隻が《ソクルエル》を攻撃しました。あやうく甚大な被害を受けるところでした」

「あやうく、だ……！」アンは軽蔑するように答えた。背中の瘤に刺すような痛みがはしり、水疱におおわれた顔が渋面になる。「自分でも認めているではないか、オプ。ときどき、異人たちは故意に撃ち損じているのではないかと思える。かれらの砲撃コンピュータが、その制御コンピュータより劣っているはずはないだろう」

「しかし、われわれへの攻撃はたえずつづき、本来の任務が妨害されています」

アンは手すりを両手でにぎりしめ、からだをのばして骨の髄までしみこんだ疲れを振りはらおうとした。

なんとか数年以内に本当に睡眠ブィに入る順番がまたくるだろうか？

黒の成就にかけて、なぜそんなことを考えるのか！　よりによっていま、トリイクルり9がふたたび見つかり、偉大なる謎がもうすぐ明らかになるというときに、このように強烈な諦念と疲労感につつまれるとは！

未知の敵がトリイクル9を悪用し、醜悪な状態にしたことを考え、こんな気分を吹き飛ばそうとする。

怒りがこみあげてきた。黒い目から光がほとばしり、両手は手すりを強く引っ張る。諦念と疲労感は消え去った。

思わず、全アルマダ部隊をここに集結させ、敵を殲滅《せんめつ》せよと命令をくだしたくなる。

「それは、ほんもののアルマダ戦士の怒りです！」オプが感激する。

アンは急に心変わりした。自分の行動にオプが夢中になるなら、それはよくないことだ。つまり、自身がオプのメンタリティに危険なほど接近したことを意味しているから
……オプのメンタリティは、〝疫病的危険因子〟として格づけされた敵艦を征服して艦

内の生命体を完全に抹殺せよ、とプログラミングされたアルマダ作業工のそれと同じな
のだ。だが、こうした事態は数千年に一度しか生じない。通常の場合、敵への反応は段
階で分け、それに応じたやり方で追いはらう。殲滅する必要はない。

「トリイクル9が醜悪な姿にされたことに対する怒りだ」思っていたよりも声がきつく
なる。アンはスクリーンをさししめした。そこには、そばを疾駆する異船一隻の映像が
コンピュータ処理されてうつっている。「しかし、きっとそれはこの者たちのしわざで
はない。もしそうなら、かれらはわれわれを滅ぼそうとするか、自滅するま
で戦うだろう。わたしには、かれらがしぶしぶこちらを攻撃しているように思える。お
そらく、命令を受け、それにしたがうふりをしているのだ」

オブは怒ったようにアンを見つめ、うつむいた。

可能ならばなにをとがめたいと思っているのか、アンには想像できる。

妨害攻撃についてアンが義務的に報告したのに対し、アルマダ中枢は相手を放逐せよ
と命令してきた。アンはこの命令を実行したが、オブはもちろんべつの解釈をしただろ
う。

攻撃者を殲滅せよという命令だと理解して、それにふさわしく行動したのだ。

だからオブは、わたしも同じだと思ったのだろう。アルマダ中枢の命令にしたがうふ
りをしているだけだと！

「かれらが消えました」オブが失望したようにいった。

アンは顔をあげて、制御コンソールを見て、周囲にロケット型宇宙船がいなくなったのを知った。安堵する。これで自分のアルマダ部隊はまた調査作業に専念できる。トリイクル9の周囲の物質はまだなお、解かれるべき謎を投げかけているのだ。

ひょっとするとアルマダ中枢では、トリイクル9で実際になにがあったのか気づいているかもしれない！　アンは熱心に考えた。そうだとして、もし無限アルマダの伝説につつまれた司令官オルドバンが本当にいるなら、最終的決断をくだして、犯罪者を探しだし処罰する計画をスタートさせるだろう！

だが、もし存在しなかったら？　この規模の決断をくだせる者が、もはやだれもいなかったら？

ジェルシゲール・アンはうめいた。

そんなことを考えてはならない。考えるだけでも、頭がおかしくなりそうだ。

マシンの音が響いた。

アンはアルマダ作業工が司令室にあらわれたのを見てぎょっとした。あちこちにいるロボットを、オルドバンの密偵ではないかとつねに疑っていたが、今回はロボットたちが思考も読めるのではないかという疑念が浮かんだ。

思考が読まれていたなら、わたしは終わりだ！

「瓦礫フィールドの調査を中断して、敵艦を追跡しなさい！」ロボットが作動音とともにに指示する。

「なぜ、それについて通信がこないのだ?」アンは憤慨した。アルマダ中枢がその命令を、通信ではなくロボットを通して伝えてくることが、最近は何度もあった。

「わたしが決断したのではありません」ロボットが答える。「これはアルマダ中枢からの指示です。中央後部領域・側部三十四セクターのアルマダ第一七六部隊、攻撃者の追跡を開始しなさい」

アンはロボットの存在を無視しようとした。沽券《こけん》に関わるあつかいをされたと怒りを感じる。しかし、アルマダ中枢の命令に対して、反抗はできない。

不機嫌に指示を出した……

*

「ゲルジョクが瓦礫フィールドをふたたび出ました」サンドラ・ブゲアクリスが報告した。「短い遷移で敵から逃れ、集結しました……次の遷移のさいに、同盟を結んだ仲間たちとふたたび連絡をとるためでしょう」

ローダンがうなずく。

「すくなくともこの戦いで両者ともに損害は出ていないようだ。でなければ、爆発を探知したはず」

緊張して、無限アルマダの探知映像を見つめる。どこまでもはてしなくつづくように見える群れが、ようやく相対的に静止したようだった。だからといって威嚇《いかく》的でないとはいえない。このような宇宙船の集結は、まさに威嚇的に見える。

不愉快そうにローダンは身をすくめた。空調設備が気温、気圧、湿度を一定にたもっているが、寒けを感じる。

空調の数値をその時々の感覚に合わせて変動させなくてはならないのかもしれない！恒常的な生活条件はやはり不自然だから、人類の肉体や精神に害をもたらすのだ。

こんなことを考えたが、その思いを振りはらう。無意識のうちに現在の危機から、第二ランク、第三ランクの問題に逃避しようとしていると感じたからだ。

「《シゼル》はまだもどらないのか、船載ポジトロニクス？」ウェイロン・ジャヴィアの問いが、遠くからのように聞こえる。

「はい、どこにも探知できません」ハミラー・チューブが答えた。

「ここでは、キウープは見つからないわ」隣りでべつのささやき声がした。

ゲシールだ！

ローダンは目をこすった。ゲシールの視線にとらえられないように、まっすぐ前方を見つめる。それでも遅かれ早かれ、彼女の目の奥にひそむ燃えあがる炎にひかれてしまうとわかっていた。彼女を抱擁したいという気持ちが、自分の精神を混乱におとしいれる寸前だということも感じていた。

自分を彼女にかりたてるのは、性的な欲望だけではない！　それ以上のものなのだ。しかし、それは本当に愛情なのだろうか？　あるいは、女神と寝所をともにするという勝利の圧倒的な魅惑にあらがえないということではないのか？

女神と？

思わずかぶりを振る。

なぜ、そんなふうに考えたのだろうか？　ゲシールは女神ではない。そもそも神々などいないという話はべつとして。

だが、なにが自分と彼女を結びつけるのだろうか？

彼女の虜《とりこ》になるのは、不思議ではない。信じがたいほどの美しさにくわえ、比類なき女らしさ、この世のものとは思えないような謎に満ちたなにかがあり、ふつうの男ならだれでもひかれてしまう。

しかし、自分は彼女にどう思われているのだろう？　わたしは比類なき存在でも、この世のものと思えない者でもなく、謎に満ちてもいない。実際のところ、アトランのほうがむしろ、女たちが夢中になるタイプだ。筋骨たくましい姿、威厳ある態度に、高貴なオーラをまとっている。しかし、彼女はアルコン人よりもわたしを選んだ。

ゲシールの手が触れて、ローダンは身震いした……そこでサンドラの愕然としたような声が響き、急にすべての夢から引きはなされる。

「ゲルジョクが有翼艦の集団のまんなかで再物質化しました……追われています！　何千もの艦が瓦礫フィールドをはなれ、ゲルジョク追跡に参加しています」

この瞬間、ローダンはゲシールのことを忘れた。

勢いよく立ちあがり、息子の問いかけるような視線に気づいてうなずく。すぐにロワ・ダントンは全船インターカムに向かって大声で告げた。

「警報段階アルファ！　こちら、ロワ・ダントン！　銀河系船団全体にアルファ警報を発する！　ゲルジョクが瓦礫フィールドの内側を航行する無限アルマダの一部隊を挑発した。部隊の全五万隻がゲルジョク追跡に参加し、銀河系船団にも接近しているもよう。注意せよ！　船団時間で十三時四十八分二十二秒プラス一分以内にリッププライン作戦第一段階を開始する！」

「サー！」クリフトン・キャラモンがだみ声を出した。「《ソドム》に帰艦させていただきたいのですが！」

ロワとローダンが同時にうなずく。

提督が急いで出ていくと、ローダンはウェイロン・ジャヴィアと視線をかわした。当然、《バジス》船長はなにごともなかったかのように作業しているが、息子を深く心配している。ローダンの視線を見れば、オリヴァーを忘れていないことが伝わるだろう。

しかし、問題はまだ緊迫してはいない。リップライン作戦の第一段階は、たんに銀河系船団のフォーメーションを巨大な中空の球のかたちに組むだけだ。ペリー・ローダンと側近たちは、ほかの作戦とともに、これもハミラー・チューブの力を借りて何度も全体を実験し、ポジトロニクスで確認した。

はるかに力が凌駕《りょうが》した艦隊による攻撃の危機が目前に迫ることでもなければ、この段階がそのまま維持されるだろう。事態が緊迫すれば、第二段階が始動する。全船が、中空の球の中心に向かって定められた順序で加速していき、そこで自然に発生するメタグラヴ・ヴォーテックスによってハイパー空間に突入するのだ。

はるか遠くからは、巨大な気球が紐すなわちリップラインを引くことによって、数分でしぼんだように見えるだろう。そのため、リップライン作戦という名称なのだ。メタグラヴ・エンジンがプログラミングする疑似ブラックホールによって、銀河系船団は超光速で二十五万光年を翔破し、通常空間にもどったらすぐにまた気球フォーメーション……あるいはハリネズミ・フォーメーションか……を組むことになっている。

万一追われても、これで振りはらえるといいが、と、ローダンは思った。圧倒的に優勢なアルマダ部隊に追跡された場合、どう行動すべきかは、さしあたり考えない。銀河系に撤退することで、かれらをそこへ案内するわけにはいかない。

ただし、第二段階が迫り、オリヴァーがそれまでにもどらなければ、《シゼル》を待つため船が一隻のこらなくてはならない。その場合、ローダンはウェイロンを連れてその船に乗り換えようと決断した。

だれかが咳ばらいして、ローダンは右を向いた。タウレクが司令室に入ってきていた。

「だれかが《シゼル》を待つなら、わたしが引きうけよう」コスモクラートの代理人がいう。服の素材のちいさいプレートがたがいにこすれて、ささやき声のような音をたてた。「結局、《シゼル》が子供の意志にしたがう可能性を、わたしは考えておかなくてはならなかったのだ」

＊

なにかが変わった。

迷宮のなかで堂々めぐりしていた思考が、秩序だって整理された。はっきりした目的を持って……ふたたび起点を見つけだしたのだ。

かれは自己を意識できるようになった！

わたしはエリック・ウェイデンバーンだ。

スタックへの途上にあるのだ！

大きく深呼吸しながら、現実にもどる。引きつづき、リズミカルに響くような呼びかけは感じるが、肉体の存在をあらためて意識し、計画的に行動することができた。

困惑してさいころ形のキャビンを見まわす。壁はびっしりと奇妙なリールでおおわれ、軽く音が響いている。しだいに記憶がもどってきた。

このキャビンに身をかくしたのは、転換装置のリールが特定のプログラミングで作動し、五次元誘導性の檻《おり》のようなものをかれのまわりに築きあげているからだ。その内部では、ミュータントに発見される恐れはない。

なによりテレパスからも、またテレポーターからも偶然に発見されることはない。というのも、五次元性の檻フィールドは、偶然このキャビンをめざすようなテレポーテーションをすべて〝屈折〟させるので、テレポーターはせいぜいこの近くにしか再実体化できないからだ。

エリックはにやりとした。

スタック奨励サークルの一員で、《バジス》の余暇センターに勤務する技術者の説明によれば、転換装置にわずかな細工をしてホログラム背景のためのエネルギーを発生させ、内側に遮蔽《しゃへい》檻をつくりだしたあとは、本来の機能を変えずに装置を動かしつづけられるという。それを聞いていたので、すべてはまったくかんたんだった。

こうして、それまでエリックがかかえていた問題は解決した。密航者として銀河系船団にもぐりこみ、ペリー・ローダンがかならず同行させているはずのミュータントに数分で発見される恐れもなく、フロストルービンに向かえるのだ。

フロストルービン！

ずっと以前から、スタック奨励サークルにはあらゆる職業の人間がいる。宇宙ハンザの大勢の要員もやはり例外ではなく、組織の一員となっていた。結局、多くのテラナーが宇宙ハンザという組織で直接的・間接的に働いているのだ。

こうしてエリック・ウェイデンバーンはペリー・ローダンがM－3から帰還してまもなく、宇宙の謎の物体についての情報を得た。フロストルービンと呼ばれ、コスモクラートたちにとって明らかに特別な意味を持っているという。

はじめのうちは情報がすくなすぎて、フロストルービンとスタックが同一物だとは思いもしなかった。その後、《バジス》がフロストルービンの最初の調査からもどってきたが、それ自体の調査はほとんどおこなわれなかった。ペリー・ローダンはなによりも、ポルレイターが二百万年前にフロストルービンをかこむ残骸リングにかくした〝コスモクラートのリング〟を追っていたからだ。

しかし、この作戦のために《バジス》から発進したスペース＝ジェットの一機に、スタック奨励サークルの熱心なメンバーであるアンドレイ・ソコニクとビヴァリー・フレデンが乗っていた。ふたりは独自にフロストルービンの調査に向かった。不運にもスペース＝ジェットは瓦礫フィールドで漂流し、損傷も負ってしまったが。

それでもふたりは天意に恵まれ、イホ・トロトという存在に助けられて《バジス》に収容された。そこでハルト人から自転する虚無について聞かされ、この虚無のように見えるものがフロストルービンと同一だと、《バジス》で知ったのだ。

プシオン性の特質を持つ重力フィールド……

まさに同じように、エリックはつねにスタックを説明していた。人類が異なる存在形態に自然と移行し、自己を理解できるようになる重力プシオン場……

フロストルービンはスタックなのだ！

エリックは、スタックとフロストルービンが同一物だとペリー・ローダンを納得させようとしなかった。うまくいかないとわかっていたのだ。ローダンは自分とはべつの重要な目的を追っている。宇宙航行の意味はローダンが想定しているものではなく、ただスタックの発見なのだということを、理解しないだろう。

そう、ペリー・ローダンのような人間は、証拠によってのみしか納得させられない。

まさに自分は、エリック・ウェイデンバーンは、その証拠を提示するだろう。

エリックはローダンの前に歩みでて、自分の支持者全員をスタックに連れていくのに充分な宇宙船を提供してほしいと話せばすむと考えるほど愚直ではなかったので、フロストルービンへの第二調査団に密航者として乗りこんだのだ。

自分とともに証拠をしめす人類については、心配する必要はない。かれらは公然と調査に参加している。

ともかく、スタック奨励サークルに所属する十万人の男女が、銀河系船団の乗員なのだから……

6　囚われの状態

「銀河系船団の指揮船がきわめて強い通信シグナルを発信しています、スランドール」通信士がいった。

「反応しないのが最善策でしょう」ヘルゴがいう。

「そんなことをすれば、すぐに見抜かれる」ブロドルが答えた。「ペリー・ローダンとやらと話をしてみよう。ユークルを塗りこむごとく、とりいってみようではないか。かれは愚直そうだから、自分やその種族と同じようにわれわれも友好的だと信じさせることができるだろう。かれはいったい、なんといっていた？〝戦闘は回避できるもの〟だったか。問題解決についての見解としては、奇怪だな！」

「ゲルジョクは計画どおり、サウパン人の有翼艦に混ざり、通常空間にもどりました」ルフギルがいう。

「アルマダ部隊をたっぷり挑発しているといいですが」ヘルゴがいった。

「それはすぐにわかる」ブロドルはいらだったように答えた。《オックル》の艦長が、不必要なことをいって何度も前面に出ようとするのに怒りをおぼえる。こんどはその行動をたしなめなくてはならないだろう。結局、最高司令官は自分なのだから。

「かれらがきます」ルフギルが告げる。「たったいま、瓦礫フィールドにいた艦の十分の二がリニア飛行に入りました。さらに十分の二がつづきます」

「太いベルトのようですね」火器管制専門家のハナグルがいう。

無意識にブロドルはからだに巻きつけたベルトをなでた。いつもは大きな携帯銃がかかっているフックがからになっているのに気づくと、機嫌が悪くなった。かつて慧眼のグログルのものだった銃だ……非常に古い、家系に引き継がれてきた貴重な品で、いつも完璧に磨かせていたのだ。

最後に磨いたのはだれだったろうか。

クリクルだ！

息子がどこかに置き忘れた可能性はあるだろうか？

いいや、まったくありえない。クリクルはつねに満足するまですべてをかたづける。熱心で、秩序を重んじ、どんなことも同じ年ごろのほかの士官候補生よりもいい成果をあげようとしている。とくにほかに忠告するようなことはなかった。結局、クリクルはスランドールの四男として、義務を負っているのだ。

だが、クリクルはうぬぼれも強い。欠点というほどではないが、見栄を張りすぎて見せびらかそうとして、父の相続物を持ちだしたとしたら……！　一度、懲らしめなくてはならないだろう。

いったい、どこにかくれているのだ?

ブロドルは、腹がたってくるなかで思いだした。左艦尾翼部のはしで故障があるとわかったマイクロ・コンピュータの交換のため、自身で外に送りだしたことを。すでに二時間半前のことだ。本来なら、とっくにもどったことを伝えてきているはず。マイクロ・コンピュータの交換は数分でかたづく作業で、しかも自身でするのではなく、割りあててやった補助ロボット二体の作業を見張ればいいだけだ。

退屈な真空状態の場所から、なぜまだもどってこないのだ?

通信で呼びだそうかと思案する。しかし、司令室からではかんばしくない。任務処理に問題が生じたとクリクルが答えることになった場合、ブロドルの羽の輝きに翳《かげ》りがさすことになるだろう。

短時間、司令室をはなれる口実を探す必要がある。しかし、この事件で時間がない。すべてを自身で掌握《しょうあく》していなくてはならない。ヘルゴに責任をゆだねたら、まさに思うつぼだ。

一方、クルウン艦隊が次の遷移にうつるまで、長くはないだろう。それまでにクリクルはもどっていなくてはならない。宇宙服を着用して艦の外被にいても遷移は危険ではないが、クリクルはまだやっと七歳だ。艦外にいては、遷移にともなう現象に子供はおびえるだろう。

ルフギルの声で現実に引きもどされた。

「アルマダ艦の最初の部隊が通常空間にもどりました」航法士がうめいた。「砲撃です！　たったいま、片舷砲から一発発射し、サウパン人の艦を三隻かたづけました……かんたんにやっつけてしまいました」

「戦闘は犠牲をともなうものだと、われわれはわかっていた」ブロドルは応じた。「ヘルゴ、サウパン人とゲルジョクに伝えてくれ。すくなくとも半時間は持ちこたえてから、ジャウクの位置に撤退するようにと。わたしはそのあいだにペリー・ローダンと話をする」

かれは司令室の乗員が〝があがあわめく〟のをしばらく聞いていたが、信じられない思いで首をかしげ、いらだって声をあげた。

「いいかげんに、そのひしゃげたくちばしを閉じるのだ！　わたしは協議しなくてはならない。それに、すべてわれわれの思惑どおりだ」

テラナーとの通信がととのうまでのわずかなあいだ、本当に思惑どおりなのかと、漠然と抵抗する声が心のなかで響きはじめた。しかし、ブロドルの意思はセト＝アポフィスに囚われの状態だったため、この思考は明確にならないまま、ふたたび消えてしまった。

「ご挨拶する！」ハイパーカム・スクリーンにうつったペリー・ローダンに向かっていった。光る神のアンテナにかけて、テラナーというのはなんと奇妙な姿をしていることか！　だが、実際、不思議はない。かれらの先祖はサル型生物にちがいない。いまでもそれが見てとれる。「残念な報告をしなくてはならない。瓦礫フィールドのアルマダ艦がきわめて攻撃的な行動に出た、ペリー・ローダン。かれらに追われたゲルジョクを保護しようとしていたサウパン人を、理由もなく攻撃したのだ。すでに多数の有翼艦が破壊されている」

「われわれにはむしろ、きみたちが故意にアルマダ艦をわれわれの方向に引きつけたように見えたが、ブロドル」テラナーが答えた。

「しかし、その目で、そうではないのを見ただろう。ゲルジョクは瓦礫フィールドから撤退していた。アルマダ艦にとっては、かれらを追う理由はない。しかし、あそこの者たちは残虐で血に飢えているようだ」

「われわれは、サウパン人とゲルジョクが通常空間にもどった瞬間にアルマダ艦を攻撃したのを探知した」テラナーは答えた。「アルマダ艦はただ応戦しただけだ。われわれの要求は、きみたちがアルマダ艦の砲撃を即刻やめさせ、ゲルジョクとサウパン人の艦を散開させるか……あるいは、全艦隊とともにわれわれの周囲から姿を消すことだ！」

「助けてくれ！」ブロドルは、絶望的なふりをよそおった。「ゲルジョクとサウパン人が攻撃したアルマダ艦は、せいぜい二、三千隻だった。われわれが協力して、かれらに抵抗したら……」

「相手はほぼ五万隻だぞ、ブロドル」ペリー・ローダンが異議を唱える。「一部はまだリニア空間にいるが、数分のうちには全艦が戦場にあらわれるだろう。われわれが一丸となっても、持ちこたえられない。近くに何百万という艦を配備し、自分たちの部隊が攻撃されるのを手をこまねいて見るはずのない無限アルマダを、きみが忘れているようであることは、べつとして。わたしがいったように行動するのだ……さもなければ、われわれの周囲から撤退せよ！」

「あなたの忠告を守るようにいろいろやるつもりだが」と、ブロドル。「しかし、保護をもとめている者を砲撃させないよう、たのみたい。われわれは友好的な意図で、ここにきたのだ」

「むしろセト＝アポフィスの任務ではないのか？」テラナーはたずねた。

セト＝アポフィス？

ふたたびブロドルは、ふたつの場所に同時にいるような感覚に襲われた……《オックル》の司令室と、思考の海のどこかにいるようだ。

しかし、前回のヘルゴのときのように、すぐにその思いは消えた。

「セト＝アポフィスなどという者は知らない、テラナー」

はねつけるように答え、通信を中止した。

「本当にテラナーの要求に屈伏するつもりなのですか?」ヘルゴがたずねる。

ブロドルは身を震わせた。からだにつけた〝装飾品〟がかちゃかちゃ音をたてる。

「クルウンの最高戦闘指揮官は、けっして他者の意志に屈伏しない!」威厳をもって答えた。「反対に、われわれ、計画の実行を早めなくてはならない。そして、テラナーが対策を練ることもできないうちに既成事実を突きつけるのだ。すぐにフィゴ人とジャウクを戦場に派遣し、それから……」

こういってためらった。心のなかでふたつの正反対の思考が戦っていたからだ。一方は自分が知らないうちに強制的に押しつけられたもので、すぐに銀河系船団のはしまで進撃し、クルウンとテラナーの友好関係を無限アルマダに見せつけろと命じてくる……もう一方は父としての感情から生まれるもので、わが子の精神的・肉体的健康をおびやかすものはすべて阻止したいという気持ちだ。

＊

この戦いの決着がつかないうちに、かれはフィゴ人とジャウクをハイパーカムで呼びだし、ゲルジョクとサウパン人の救助に急げと要求していた……

器を探していた。

エリック・ウェイデンバーンはキャビンを眺めまわし、シグナルを作動させる特殊機

　このキャビンに滞在した数週間、自分は整理整頓していなかったようだ。床は食糧のこり屑だらけで、空になった飲料の缶が三ヵ所のすみに積まれ、吐瀉物《としゃぶつ》のすえたにおいがする。

　エリックは眉間にしわをよせ、記憶を呼びさまそうとした。

　ここにかくれたときの状況が、正確によみがえってくる。プログラミングを書きかえられた補助ロボットが何度も飲食物を運んできて、移動式トイレを交換したのも、ぼんやりした記憶としてのこっている。

　しかし、そのほかについては、どうしても思いだせなかった。

　それは奇妙なことに思われた。

　ずっと寝ていたということはないだろう。

　寝ることを考えたらあくびが出てきて、突然、全身の疲労を意識した。からだがぼろぼろになったようで、あちこちがかゆい。

　数歩進み、手であおいで新鮮な空気を送った。立ちどまり、鼻から大きく深呼吸する。

　いまにも引っくりかえりそうになる。

　からだは獣のようなにおいを発していた。

ウェイデンバーンは驚いた。

すべてが物語っているのは、ここに滞在しているあいだ……クロノグラフによると五週間だが……一度もからだを洗わず、下着も交換していないということだった。

ありえない！

ふだんは毎日シャワーを浴びるか入浴し、日々、洗いたての下着を身につける。この習慣があたりまえだったので、心はすっかりそれに慣れていた。こうした習慣がけっして消えず、生涯のこりつづけることは、心理学的にもいえるとわかっていた。

重病だったり、高齢でもうろくしたりすれば話はべつだが。

あるいは外的影響を受けて、性格が大きく損なわれたりすれば……

突然の疑念に、音をたてる転換装置のリールを何度も見つめる。

五次元誘導性の檻の散乱インパルスが心理に影響して、性格が変わったのだろうか？

すくなくとも、一時的に変化したのかもしれない。いまは、心理的に完全に通常どおりだと確信できるからだ。通常どおりでなければ、これまでの状況について批判的に考えられなかっただろう。

あらためて檻での記憶をとりもどそうとする。

なにかがあった。

どこかに行くために、檻をはなれたのだ。

脱出のために！

エリックはさらに思案しつづけた。脳のどこかに情報がかくれている。予想せぬ出来ごとについての情報が……

自分は《バジス》をはなれようと考えたのだ！　この状況に耐えられないと潜在意識が判断し、追いたてられて、宇宙服を着用せずに《バジス》をはなれて命を強制的に終えようとしたのだった！

しかし、実行しなかった。

なぜだ？

なにかを語りかけてきた高い声をぼんやり思いだす。

子供の声？

かぶりを振った。

そこには低い声もあった……まぼろしのような存在の。

そして、なにかが光った！

まちがいない！　だれかが檻の外で自分を発見して、自殺しようとするのを阻止したにちがいない。しかし、それならその人物は、なぜ医療ロボットを呼ばなかったのだろうか？　ひどい状態だったはずなのだが。

精神錯乱状態だ！

ように。

エリックは寒けを感じて瘦軀《そうく》をのばした。スタックへの途上で地獄を通過したのだ。純化されてスタックへ向かうことができるように。

シグナルを発信する準備はととのっていた。

しかし、その前に、自分の品位を落とすような現在のからだの状態から脱しなくてはならない。こんなようすでは、ほかの者たちの前には出られない。

檻のなかには《バジス》の廃棄物処理システムに連結している小型の移動式シャワー室があった。エリック・ウェイデンバーンは不快に思いながら、におう衣類を脱ぎ捨て、シャワーの下に立って、ふたたび清潔になったと思えるまで、十回ほど石鹼の泡でからだをこすった。

船載コンテナには、六週間毎日一度は着替えられるほどの下着があった。ほかにサイズの合うセラン防護服もあり、付属品もそろっていた。中型パラライザーと、パラライザーの予備エネルギー弾倉が十五個入った弾薬袋もあった。

服を身に着けて、ベルトのホルダーからシグナル発信機を引き抜くと、ボタンを押した。

ハイパー物理学者であるサークルのメンバーが話していたようにこの装置が機能すれば、シグナルが五次元誘導性の檻も、すべての船壁も、防御バリアも……パラトロン・

バリア以外……突破し、半径十八光週の範囲にまでひろがる。

エリックは耳をすまし、ほほえんだ。シグナルがほぼ十万人の人々の脳にとどき、後ヒュプノで固定されたバリアを打ち砕くのが聞こえたかのように。そのバリアはこの瞬間まで、かれらが偉大な計画を考えることをじゃましていたのだ。

偉大な計画とその実行について考えることを……

＊

ペリー・ローダンは心配でしかたないようすで、銀河系船団の周囲の広範囲をしめす探知映像を見つめた。

すでに五万隻のアルマダ艦が、瓦礫フィールドからひろい宇宙空間までゲルジョクを追跡していた。撤退のための戦闘を必死にくりひろげるゲルジョクとサウパン人の編隊に刻々と迫っていく。

アルマダ艦は、敵に対してはじめにはげしい攻撃をしたあとは、最大級の火力は投入せず、明らかに敵を撤退させるためだけに制限した戦いをしている。それがわかり、いくらかローダンはおちつきをとりもどした。

クルウンの行動全体から、銀河系船団をアルマダ艦との戦いに巻きこみたいという計画が見えてきた。

「裏には疑いなくセト＝アポフィスがひそんでいます」ロワが近よってきていった。「無限アルマダとわれわれを争わせようとしているのです」

「成功しないだろう」ローダンは銀河系船団の位置表示スクリーンに目をやった。三次元映像から、迅速にフォーメーションが組まれているのがわかる。一時間もしないうちに、リップライン作戦の第一段階が完了するだろう。「アルマダ艦がクルウン艦隊の現時点でのポジションに到達したら、第二段階を開始する」

「現時点でのポジション？」息子がおうむ返しにいった。「クルウンがいまのポジションを保持しないと思うのですか？」

「ブロドルはまずジャウクとフィゴ人もアルマダ艦との戦いに送るだろう……その後、われわれと合流し、銀河系船団とクルウン艦隊が協力しているようによそおうはず」

「ジャウクとフィゴ人が、戦場へのコースをとりました」サンドラ・ブゲアクリスが伝える。

ローダンはうなずいた。

「では、クルウンもすぐに動きはじめるだろう」

「それは阻止するよ。ラスとぼくがクルウンの旗艦にテレポーテーションして、かわいいくちばしの持ち主たちを混乱におとしいれてやる」グッキーがいった。ラスとフェルマーとならんで立ち、《バジス》の船長をずっと心配そうに見つめていたのだ。

「ふむ！」と、ローダン。「それもひとつの方法だ。また毛皮がむずむずしているようだな、ちび。ラス、どう思う？」

テレポーターは破顔した。

「ちょっとした騒ぎは悪くないですね、ペリー。わたしは……」

そこで話をとめた。グッキーが突然、甲高《かんだか》い声を発して、いったからだ。

「いま、かれをキャッチした！　ウェイデンバーン本人だ！　思考パターンがクリアにわかる。いきなりバリアのスイッチが切れたみたいだ。行こう、ラス！」

ローダンがなにもいえないうちにイルトはツバイの手をにぎり、ともにテレポーテーションした。

問いかけるようにローダンはフェルマー・ロイドのほうを見たが、放心状態のようだ。硬直し、顔も蒼白だ。

と、いきなり生気をとりもどした。

「ふたりは罠にテレポーテーションしてしまった！」と、あわてている。

「正確にはどういうことだ？」ローダンがたずねた。

フェルマーは大きく息を吸った。

「ふたりは麻痺状態にされました。ウェイデンバーンとその支持者がなにかのスイッチを切り、そのためテレパシーをキャッチできたのです。そこにグッキーとラスが実体化したら……ここにも、かれらがきます。警報を、ペリー！」

ローダンが信じがたいという表情をしているうちに、《バジス》司令室のハッチが開き、武装した男女がなだれこんできた。安全装置をはずしたパラライザーをかまえている。すぐにふたりが発射した。フェルマーとイルミナ・コチストワが麻痺して倒れた。

「なんということだ！」ロワがかっとして、コンビ銃をとる。

「武器から手をはなせ！」侵入者のひとりが命じた。四十歳くらいの肌が黒い男で、頭を完全に剃り、黒い口髭《くちひげ》が濃い。「われわれが《バジス》の指揮を引きうける」

ロワはためらいながら、武器のグリップにかけた手をおろした。

「エルター・ドゥソクレス！」首席船医のハース・テン・ヴァルが声をあげた。「胃炎のせいで精神がおかしくなって、ここで反乱者としてふるまっているのか？」

「黙れ、毒薬製造者！」男はどなりつけた。「だれもなににも触れるな！ ハミラー・チューブ、おまえもだ！ おまえが厳密に中立の立場を守らなければ、報復措置として乗員がその罰を受けることになる。だが、自暴自棄になって反抗する必要はない。数時間で指揮権は返すから。頭の上で両手を組み、ひとりずつそばを通って出ていけ！」

「〝きみたち〟は何者だ？」ローダンがなんとか気持ちをしずめてたずねた。「望みは？」

「悪意はありません、ペリー」ドゥソクレスが敬意をもって答える。「すぐに充分な説明をします。どうかここにいる人々に、文句をいわずにわたしの指示にしたがうように話してください！　不必要な攻撃を避けるためです」

ローダンはかぶりを振り、気づいた。ドゥソクレスもその仲間も、船内コンビネーションの胸の部分に大きな白いマークをつけている。

「どうやら、ウェイデンバーンとやらにそそのかされ、理性が混乱して反乱者になったようだな」と、しずかにいう。「しかし、諸君は宇宙ハンザの宙航士で、しかも銀河系船団の一員だ。われわれが達成すべきやっかいな任務に参加している。その銀河系船団は目下、危険な状況に瀕している。諸君の任務と人類に対する忠誠心に、とりわけ銀河系船団でともに働く仲間たちに対する義務感に、訴えかけたい。かれらの職務を諸君が妨害すれば、安全面がきわめて危険にさらされる。

武器をおろし、これからも職務をはたすため持ち場にもどれば、罪に問われないよう配慮する。さもなければ、厳罰を覚悟することだ」

エルター・ドゥソクレスは気の毒そうにほほえんだ。

「申しわけありませんが、ペリー・ローダン、われわれの計画を中断することはできません。この二度とない機会をとらえなくては……」

女反乱者のひとりが、制御コンソールにかがみこもうとしたレオ・デュルクをパラライザーで撃った。グレイの髪の兵器主任が、コンソールに突っ伏す。

ドゥソクレスは、武器を振った。

「前進！　忍耐もそろそろ限界だ。それはそうと、救助は期待できないぞ。われわれはあちこちでいっせいに指揮系統を引き継いだ。銀河系船団の全部隊を支配下においている」

ローダンは観念したように、

「かれのいうとおりにしよう、友たちよ！　狂信的な者を相手に議論は不可能とわかっている。しかし、かれらの支配は短命に終わるだろう」

「われわれは、ぜんぶで十万名いる！」ドゥソクレスがいきりたつ。

「すると、一隻につき五名ぐらいか」ローダンが皮肉をいった。「吹き飛びそうなほど少数だ。無限アルマダとの対決がはじまる前に、夢からさめるといいが」

ローダンは両手を頭にのせ、反乱者のほうに向かい、武器を奪われても抵抗もしなかった。《バジス》司令室のほかの宙航士たちも失望したようすでそれにならう。タウレクが司令室から姿を消していたことには、ローダン以外のだれも気づかなかった。どこにどのように消えたのかも……

7　パラメンタル強制

大急ぎでブロドルはベルトをはずし、宇宙服をするりと着用すると、またその上にベルトを巻きつけた。

アルマダ艦はゲルジョクをゆっくり追跡しているため、クリクルを探す時間は充分ありそうだった。ゲルジョク、ジャウク、サウパン人、フィゴ人がアルマダ艦をクルウン艦隊におびきよせることができたときには、ふたたび《オックル》の司令室にもどっていられるといいが。遅くともそのあと、銀河系船団に向かい、できれば突入しなくてはならない。

通廊と反重力シャフトを通り、自室キャビンからエアロックまで急いだ。そこを抜けて左艦尾翼部のはしに向かうのだ。いらだちながら、内側ハッチが自分の背後で閉まり、外側ハッチがスライドして開くのを待った。

ようやく準備がととのった。ハッチを通過し、大きくジャンプして細い金属梯子をのぼり、最後のいくつかの段は跳びこえた。

《オックル》の外被に着地するやいなや、なにも見逃さないように頭をはげしくあちこちに動かす。最初、近くに小型ロボット二体を見つけると、四男がその陰に見えたような気がして、艦の周囲を肉眼でじっくり眺めはじめた。

なにも発見はなく、失望して観察をやめる。司令室の探知スクリーン上の光景とほとんど変わらない。瓦礫フィールド、無限アルマダ、クルウンやほかの部隊の艦船があるだけだ。

あらためてロボットに目をやり、大きなショックを受けた。クリクルがそのそばにいないとわかったからだ。あたりを見まわし、艦尾に目をやる。ヘルメットの先端の小型投光器の光で、滑らかな外被と、左艦尾翼部の大部分が見えた。

しかし、クリクルの姿はまったくなかった。

ロボットのほうを向いた。クリクルがロボットに行き先を話していなければ、役にたつ回答を得るのはむずかしいだろうとわかっていたのだが。

クリクルが漂流してしまったのでなければいいが！

「最後にクリクルはなんといった？」ヘルメットの内側で頭をたえず動かしながら、ヘルメット・テレカムでたずねる。

「〝おまえたちはそこで待ってろ〟」ロボット二体がクリクルの最後の言葉を同時に答える。

「で、その後、どこに行った？」ブロドルはいらだち、不安をつのらせながらいった。

「向こうです」ロボットたちはそろって作業アームを前方にのばした。

ブロドルは飛翔装置のスイッチを入れ、しめされた方向に急いだ。細長い艦の中央にあるふたつの大きな安定板に着地すると、周囲をくまなく探した。

クリクルがそこにいた物証は発見できなかった……四男がここに飛んでくる理由も見あたらない。

投光器の円錐形の光が、探知アンテナの上を流れ……恐れていたことが起きた。ヘルゴがヘルメット・テレカムで連絡してきたのだ。

「外でなにをしているんです、スランドール？」

「艦を外側から点検している。ほかになにがあるというのだ！」ブロドルは怒って答えた。

「なにか特別な理由でも？」

「もちろんだ、ヘルゴ」

ブロドルはくちばしをかたく閉じた。これからはどんな質問にも答えるものか。艦外任務からもどってこない四男を探しているとはいえない。

さらに艦首へ向かって飛び、そこに着くと振りかえった。おそらくクリクルはここでの作業に必要なものをとりに、艦にもう一度帰ったのだ。ロボットは方向を間違えたにちがいない。

しかし、それではなぜ、任務にもどっていないのだ？

ほかの子供たちに遭遇し、遊びに誘われて応じたのか？

しかし、それはクリクルにかぎって断じてない！　不名誉な行動は父が許さないとわかっている。クリクルはけっして義務をおこたるような罪をおかさないだろう。父である自身によく似ているのだ。

ブロドルは誇りに満たされ……と同時に、息のつまるような不安を感じた。

これまでクリクルは、不適切に長く任務からはなれたことはなかった。からだの動きが敏捷で、緊急事態の行動手順もよくわかっているから、不手際で漂流してしまうこともないだろう。

すると、可能性はひとつしかのこらない。クリクルは意図的に誘拐されたのだ！

この考えに、ブロドルの短い羽は逆立った。四男が心配で、理性が吹き飛びそうだ。

同時に、息子を誘拐した者たちへの憎悪もわきあがる。根本的にはクルウンとしか考えられない。というのも、異人がこの比較的密にまとまった部隊のなかへ気づかれることなく侵入することは不可能だからだ。だれかがブロドルのスランドールとしての地位をねたんで、クリクルを誘拐することで仕返ししたのだろう。

ふたたびヘルゴの通信が入った。

「決断が必要です、スランドール！」と、いいつのってくる。「ゲルジョク、サウパン人、フィゴ人、ジャウクが無秩序に逃走し、それを追跡するアルマダ艦が迫っています。数分でここに到達するでしょう。われわれの艦隊を銀河系船団に向かわせる命令を、わたしは待っています」

ブロドルは自分がその命令をくださなくてはならないとわかっていたが……この考えをセト＝アポフィスに吹きこまれていたことには、気づいていなかった……息子に対する心配と誘拐犯への憎悪から、かれの言葉によれば〝羽の輝きに翳りがさす〟ような、スランドールとしては耐えがたい決断をすることになった。ただ、意識下では、家系に恥をもたらした父親の息子を、誘拐者が自分たちの子として育てることはないだろうという、かすかな期待もあったのだ。

「艦隊は現在のポジションを維持せよ。わたしが個人的に撤回を伝えるまで、全艦は絶対的に受け身でいるように指示すること！」声にあらんかぎりの威厳をこめていう。

「拒否します！」ヘルゴは断固として主張した。

ブロドルは、自分の耳が信じられなかった。クルウンの一艦長が最高戦闘指揮官の命令を拒否するなど、これまでなかったことだった……ヘルゴはセト＝アポフィスのパラメンタル強制を受けており、ほかの行動ができなかったのだが、ブロドルはそれを知らない。

「《オックル》の宙航士たちよ！」ヘルメット・テレカムのマイクロフォンに向かって、があがあ声をあげる。「ヘルゴを逮捕し、わたしの指示にしたがえ！」

怒りに震えながらロボット二体のそばに着地し、艦にもどるよう命じると、自身もエアロックに入る前にあらためて振りかえった。

次の瞬間、クルウンという種族にとってはほぼ不可能なことが起きた。

ブロドルの頭のがくがくした動きがとまったのだ。頸の筋肉だけが痙攣《けいれん》している。その目は、《オックル》の外被にはりついた巨大なパイプ形構造物を茫然と見つめていた。

＊

ブロドルは経験豊かだったので、このパイプをただの樹幹だと考えるようなことはなく、これが技術による構造物だとすぐに悟った……しかも、クルウン技術によるものではない。

茫然としたのは、この構造物が妨害を受けずにクルウン艦隊に侵入し、やはりなんなく旗艦の外被に着地していたことだった。

これに関しては、探知専門家全員の責任を問いただすことになるだろう！

そう考えている最中に、呼び声がした。

「父上！」

頭上の冠毛が直立した。その声は、生涯ではじめて聞いた性的な誘惑の声よりも、耳に甘く響いた。すぐに四男の声だとわかったためだ。

アドレナリンか、あるいはそれに似たようなものがはげしく血管をめぐる。深呼吸しながら上体をまわすと、くちばしを大きく開き……鋭い声をあげた。

「クリクル！」

つづいて、頭ががくがく動きはじめた。こんどはその動きのあまりの速さに、近くで見ていたら目眩《めまい》を起こしそうだ。

「ここ、上です、父上！」四男の声がヘルメット・テレカムのスピーカーから響く。

ブロドルの頭が上にすばやく動き、つづいて左右に振れ……そしてまたとまった。最高戦闘指揮官はこの日、二度めにうろたえてしまったからだ。

四男が巨大なパイプの上のプラットフォームにすわっていたが、単独ではなかった。隣りで、種族の敵であるサル型生物がにんまりしていたのだ。

息子のにやにや笑いはサル型生物ととてもよく似ていて、ブロドルは一瞬、サル型生物が二名いるのかと思った。

この眺めに驚いたあまり、やっとこうたずねるので精いっぱいだった。

「そこでなにをしている？」

「友のオルヴリーといっしょにいるんです」クリクルが答える。

「友……？」ブロドルはゆっくりいった。しだいに理解力がもどってくる。「だが、その者はテラナーではないか？」

「そうです。だけど、テラナーはわれわれの敵じゃありません、父上。それにオルヴリーはやっと七歳で、ぼくと同じ歳ですよ。とても気持ちが通じ合っています。われわれ、第三の巣の兄弟なんです、父上」

ブロドルは息をのんだ。想像上のこぶし大の胃石で喉が詰まった気がしたが、自分には威厳をたもつ権利があるのを思いだした。

「すぐにおりてこい！」と、命じる。「そのテラナーも連れてくるのだ！　かれはわれわれの捕虜になる！」

「だめですよ、父上！」クリクルの嘆く声が反抗的に響く。「オルヴリーはぼくの友です。だれにも見つからないように、ここまでぼくを連れてもどってくれました。《スクリズル》があれば、かれはまた、だれにも気づかれずにもどれるんです。この乗り物はタウレクの〝星間蝶〟だそうです」

ブロドルは意志をつらぬくため武器を抜こうとした。ともかくクルウン艦内では軍事的秩序が重んじられている……その意味でクリクルはまず士官候補生であり、自分の息子であることは二の次だ。しかし、意志は貫徹できなかった。ブロドルは四男の変化を感じていた。この変化が長い目で見れば、今後のクルウン種族の発展にポジティヴな作用をもたらすのを予感する。まだそれを頭で理解するにはいたらなかったが。

クリクルがテラの子供と信頼し合い、からだをよせあっている光景は、自分がとっくに捨ててしまったなにかを目ざめさせた。まだすべてが可能だった子供時代の夢、大人の世界には見つからない、なにかだ。

突然、息が荒くなり、目に涙がにじんだ。

「どこに行っていたのだ、息子よ？」しずかにたずねる。

「夢がほんものになる場所です、父上」クリクルが答える。

ブロドルは両腕をのばした。

「こっちにくるのだ！」

このとき《オックルル》の外被にまぶしい光があふれ、ブロドルはぎくりとした。それほど遠くない場所にあるほかのクルウン艦の外被も、空虚空間の漆黒の闇のなかから浮きあがっている。

クルウン艦隊にも戦闘がおよんだのだ！

「急ぐんだ、クリクル！」ブロドルは神経質にいった。「おまえの友も自分の乗り物に帰るべきだ」

つづいて……たとえ本気でなかったとしても……あとから考えたら自分で否認してしまうようなことをいった。

「可能なら、ペリー・ローダンにわたしからの〝口うつしの挨拶〟を伝えてくれ」

次の爆発で起きたまぶしい光のなか、クリクルがくちばしをテラナーの子供のやわらかい口にこすりつけ、防護ヘルメットを閉めた。同時に、プラットフォームの上に張られた透明ドームに魔法がかかる。

クリクルが飛んでくると同時に、異人の子供を乗せた奇妙な乗り物が《オックル》から消えた。

ブロドルは四男を腕にかかえ、《オックル》内部に避難した。さらにつづく音のない爆発の青白い光のなか、巨大な未知物体が通過していくのが見えた。大きなタンクのようなかたちをし、四本の太いシャフトで四つの箱形物体とつながっている。

アルマダ艦だ!

なかに入ると、ブロドルはクリクルを自室キャビンに向かわせ、自身は司令室に急いだ。そこでは事態をだれも把握できていなかった。

わずかな指示で、探知状況を修復させる。自分の考えに逆らい……それは〝かれの〟考えではなかったのだが……クルウン艦隊に、すぐにスタートして銀河系船団のわきを通過し、空虚空間に避難するよう指示した。

8　夢と悪夢

「ウネア・ツァヒディの伝言では、《バジス》搭載巡洋艦に特務コマンドを集めているということです」ポジトロン音声がペリー・ローダンの耳もとでささやいた。ローダンは成型シートに深くもたれ、耳をヘッドレストのサイド部分に密着させている。通常は希望に応じて音楽が流れる場所だ。反乱者部隊は依然として司令室を占拠しており、まったく疑念はいだいていないようだった。こうして過小評価されているおかげで、ハミラー・チューブはローダンや、反乱にくわわっていない者たちと交信することができていた。

ローダンは唇を動かしているが、声を出してはいない。その必要はないのだ。船載ポジトロニクスはあちこちに設置してあるテレ・アイを使い、ローダンの言葉を唇から読みとれる。

ただ、ローダンは自問していた。なぜポジトロニクスは、エリック・ウェイデンバーンが《バジス》にいるのを発見できなかったのだろう。なんといっても、五週間も前から密航していたのに。

「《ソル》はどんなようすだ？」

「アトランは麻痺状態にされましたが、セネカが特務コマンド組織を担当しています」

「よし。《ソドム》では？」

「提督閣下が妥協することなく迅速に動き、反乱勃発と同時に艦全体に麻痺ガスを充満させせました。しかし、ウェイデンバーン主義者たちはこの反応を予測していて、気密構造のセラン防護服を着用して《ソドム》に出現したのです。そのためかれらは打撃を受けず、かわりに忠実な乗員のゆうに三分の一が被害にあいました。提督閣下はセラン防護服を脱ぐように強制され、夢もみずに深い眠りについています、サー」

ローダンはこの声に耳をすましていた。

声の裏に、他人の不幸に対するよろこびがひそんでいなかっただろうか？　ポジトロニクスはそのようなよろこびを感じることはできないはずだが。

「なにを考えているのですか、サー？」ハミラー・チューブがささやく。

「きみのなかに、ペイン・ハミラーの脳かかれの人格構成要素の一部が、プログラミング構造のかたちでひそんでいるかどうかという点について考えている」ローダンは声に出さずに答えた。

「なんの話か、わかりません、サー。可能性のどれかが正しいかどうか、もしそうならどれが正しいかなどと、考えてもむだだと、いつになったらわかってもらえるのですか！　ニワトリと卵とどちらが先か、という問題を考えたほうがまだましです！　そちらのほうがずっとかんたんです。保証しますよ、サー！」

ローダンは歯ぎしりした。

すぐそばに立っていたエルター・ドゥソクレスは、疑り深い目を向けたが、ローダンがかれなりの方法で怒りの表情をしているのだと考え、微笑していった。

「どうか気を悪くしないでください、ペリー！　ウェイデンバーンがなにもかも説明しますから」

「もうすぐ、説明しても手遅れということになるわ、おろか者！」デネイデ・ホルウィコワがいった。「こちらの専門家が通信センターでとうとう無限アルマダの通信コードを解読して、通信の一部の傍受に成功したの。そこから、アルマダ第一七六部隊の艦長が……それは疑いもなく、鳥生物を追跡するさいにわたしたちに接近したアルマダ艦のことをいっているのだけど……アルマダ中枢からの命令を受けたことが推定されるわ。今後の攻撃に対してははげしく反撃し、もはや手かげんするな、という命令をね」

ローダンは立ちあがって、いった。

「即刻、ウェイデンバーンとの対話を要求する！　かれはリップライン作戦の第一段階を停止せよという指示を、すぐに撤回しなくてはならない。さもなければ、銀河系船団は破滅だ」

「わたしはここです、ペリー・ローダン！」主ハッチから声がした。

セラン防護服を着用した中背の男が近づいてくる。ローダンは鋭い視線で相手を見つめた。肌が黒く、アフロテラナーのような顔つきで……長い断食期間のあとのように痩《や》せていて禁欲的だ。

銀河系船団の出発前にメモ・キューブで見た、エリック・ウェイデンバーンの顔だということに疑いはない。そのときは、フロストルービンのそばで運命的に出会うとは思いもしなかった。目の色も合っている。明るい青だ。ただ、メモ・キューブで見たときのような驚きの視線はなく、狂信的に輝いている。

ハンザ・スペシャリストたちから聞かされた人格のイメージにはふさわしくない。それによると、ウェイデンバーンはカリスマ性があり、きわめて弁論が巧みだという。しかし、かつてはつねに実務的にふるまい、一度も熱狂的な世界改革者のような行動は見せていなかった。

人間の人格は、それほど急に変わるものだろうか？

ローダンはゆっくり立ちあがり、ウェイデンバーンは数メートル手前で立ちどまった。

「武力を使う手段に訴えてしまったことは申しわけなく思っています、ペリー・ローダン」エリック・ウェイデンバーンはおだやかにいった。「しかし、状況から考えて、ほかに方法がなかったのです。スタックがどんなものかご存じだという前提で話を進めていいでしょうか？」

「そんなものは知らない」ローダンは淡々と答えた。「ただ、それについてきみがひろめた定義だけは知っている。正直いって、はなはだしいナンセンスだが……最近までは黙認してもいい無害な説だと思っていた。どんな人類にも自分の流儀に応じて有頂天《うちょうてん》になる自由があるから。だが、ウェイデンバーン主義者たちはこの自由を乱用した」

エリックはかぶりを振った。

「ウェイデンバーン主義者などいません。スタック奨励サークルのメンバーはわたしの支持者というより、全人類の運命を決する重要な認識に関与しているのです。

その認識によると、たとえば宇宙ハンザが実施しているような些末《さまつ》な目的による宇宙航行は、真の宇宙航行の予備段階にすぎません。その目的はただひとつ……宇宙空間にある重力プシオン場を発見することです。そこでは人類は自然にべつの存在形態へ移行し、自己を理解することができます」

かれは破顔して両腕をひろげた。

「そのプシオン場と、そこに到達しようとする存在形態がスタックです。充分な数の同志とともに宇宙空間へ出発したとたん、だれもが自身をスタックに導く心の声をいだきます。宇宙空間では大勢の心の声がまとまってひとつになり、かれらの心深くに行き先を告げる呼び声となり、かれらをスタックへ導くのです。

われわれ、スタック奨励サークルのメンバーには、この呼び声が明確に聞こえます。声はフロストルービンからくるのです。フロストルービンこそスタックです、ペリー・ローダン！　だから、われわれは行動しなくてはならない。われわれだけが、堂々と正しい方法でスタックへ接近できる状況にいるのですから」

ローダンは身震いした。

銀河系船団の宙航士十万人がいっせいに疫病に襲われ、フロストルービンが願望を満たすものと信じてしまうとは、なんという精神錯乱だ！

「わたしはフロストルービンに行ったことがある」と、ローダンは話した。「フロストルービンがどういうものか、まだ正確にはわからないが、あそこに行ってもどってこられる者はいない。フロストルービンはネガティヴ超越知性体セト＝アポフィスの道具だからだ」

「嘘だぞ、エリック！」ドゥソクレスははげしくいった。

「おちつけ、友よ！」ウェイデンバーンがいさめる。「ペリー・ローダンのような人間が嘘をいうことはない。ただ事情を知らないだけなのだ」

「フロストルービンに行ったことがある者よりも、事情を知る者などいるのか？」ロワが大声を出した。

「すでにいったとおり、心の声が聞こえるわれわれだけが、スタックで堂々と正しい方法で行動できるのです」エリックは忍耐強く説明した。「声が聞こえない者は、スタックで精神錯乱におちいり、願望を満たすこともできない。ペリーがそこで損傷を負わなかったのは、たいへんな幸運に恵まれたからです」

「あなたの信念に文句をいうつもりはないわ、エリック」サンドラ・ブゲアクリスが口をはさんだ。「でも、あなたが銀河系船団の活動を停滞させつづければ、わたしたち全員がもうすぐ素粒子単位まで吹き飛ばされるのよ。

探知スクリーンを見て！　五万隻のアルマダ艦がすでにクルウン艦隊に到達している。ここまであとわずか十五光日の距離よ。ゲルジョク、フィゴ人、サウパン人、ジャウクはアルマダ艦の強硬な接近によって疲弊してちりぢりになったけれど、クルウン艦隊のフォーメーションはしっかりたもたれている。同盟関係による保護のもとで撤退したようによそおって銀河系船団に侵入したとたん、アルマディストたちに一発砲撃するつもりでしょう。それだけで、わたしたちはカタストロフィにおちいるわ」

「クルウンはわれわれのところに侵入してくるだろう。これまでの行動を見れば、それが合理的だ」ローダンは挑むようにエリック・ウェイデンバーンを見つめた。「エリック、よく話を聞け！　すぐにわれわれの拘束を解くのだ。でなければ、全員、破滅だ。きみはリップライン作戦の第一段階を停止させた。おそらく再開させる時間はない。必要条件は不充分だが、第二段階を開始しなくてはならない……数分後にも。

きみとその仲間をフロストルービンに連れていく余裕はもはやない。われわれ、すばやく撤退しなくては。のちに銀河系船団が安全を確保し、おちついてきみたちの意図について話せるようになったら、可能なかぎり歩みよろう」

「断ります、ペリー」ウェイデンバーンが応じた。

ペリー・ローダンは絶望に襲われた。

「なぜ、わたしの提案を無視できるのだ、エリック！ 銀河系船団に属する大勢の者たちのことを考えよ！ かれらが炎につつまれ塵《ちり》になっても、あるいは真空空間で苦しみながら破滅しても、責任を感じないのか？ きみの仲間もそのなかにいるのだぞ」

ウェイデンバーンの目が、美しく不気味な蜃気楼《しんきろう》を見ているかのようになった。

「スタックが呼んでいる。だいじなのはそれだけです。エルター、全船インターカムを作動させよ！ スタック奨励サークルの同志のために語らなくてはならない。成就の実現は近い」

ローダンはがっかりしてシートに深く腰かけると、ふたたび声なき声で告げた。

「可及的すみやかにコントロールを奪還しなくてはならない。報告をつづけよ、ハミラー！ あちこちの特務コマンドが充分集まるまで待てるかどうか、知りたい。それがだめなら、船内の一部で行動に出なくてはならない」

「やっと総勢をあげて戦闘を開始できますね、アン！」ターツァレル・オプが興奮する。

「たったいま《ムカイデル》がロケット形の艦三隻に攻撃され、グーン・ブロック二基が破壊されました」

＊

ジェルシゲール・アンはオプの顔を見つめ、代行の頭上二十センチメートルの場所に浮遊している、むらさき色に輝く球状の物体に目をやった。オプのアルマダ炎がまだ存在しているか、たしかめるかのような目つきだ。ときどきオプが野放図な気性で起こす行動に直面し、かれにアルマディストの身分があるのか、疑いを感じるのだ。

「《ムカイデル》に適合するアルマダ牽引機を派遣するよう指示してある」アンは答えた。「だが、鳥生物に復讐する理由は、われわれにはない。《ムカイデル》が損傷したのは、宙航士たちみずからの責任なのだ。かれらは戦闘に夢中になり、ロケット艦三隻の最後の退路を封じ、破れかぶれの攻撃を挑発したのだから」

オプの漏斗形の口からはっきりしない声がもれる。アンは考えこんだ。オプとは同じ共同体の揺りかごで育ってきたのに、なぜこうも性格が異なってしまったのか。

またリウマチの発作が起きて、アンはからだをたわめると、うめくように空気を吐きだした。発作はすぐにおさまり、ふたたび探知スクリーンに集中する。

アンは結局のところ、自分がひきいているアルマダ部隊に誇りを持っていた。部下のシグリド人たちは、ときどきその気性が爆発するとしても、きわめて熟練した宙航士だ。戦闘を好むが勝利することで満足し、戦闘状況が許すかぎり敵を寛大にあつかう……ときどき不当に干渉するのはまたべつの話だが。

ともかくかれらは鳥生物の部隊を組織的に規律正しく追いたてて、自分たちのフォーメーションは確実にたもっていた。うまく成功し、戦術は正しかったと認められた。異人たちは気力を失い、とうとうちりぢりになり……のこったのは、二万隻の船団から十五光日のポジションで比較的密集したフォーメーションを組む槍形艦隊だけだ。

二万隻船団はずっと動いていない。その指揮官はおのれの戦闘力を過大評価し、わがアルマダ部隊を攻撃しようとしているのか、と、アンは考えた。それは望む結果ではない……ともかく、かれらがトリイクル9の異常に責任があると確認できるまでは。

「槍形艦隊を攻撃しますか、司令官？」明らかにふたたびおちつきをとりもどしたようなオプがたずねた。

アンはあらためて二万隻の船団をしめすリフレックスを見つめた。位置は変わらないが、フォーメーションには動きがあった。内部のこの動きはまだ終了していないが、コンピュータはすでに、最終的に大きな球状の編隊になると算出していた。

まちがいなくフォーメーションの戦略的変更で、カウンターパンチをくりだすのに適したかたちだと、アンは不愉快な思いで考えた。中空の球は敵の艦隊を攻撃するさいに開き、敵をとりこんだのちに球を閉じて封じこめ、全方向から同時に砲撃するのだろう。だが、もしわがアルマダ部隊をそのように攻撃してきたら、異人は苦境におちいることになる。こちらの五万隻がすぐに中空の球に向かって装甲におおわれたこぶしをくりだし、いっきに膨脹して内側から砲撃するのだ。

オプが質問をくりかえしたので、ジェルシゲール・アンは狡猾《こうかつ》にたずね返した。

「どう攻撃するつもりだ？」

「後方からはさみ撃ちにして、その後……」オプはつかえた。明らかに自身と戦っている。「その後、砲撃回数を増加させながら、敗走に追いこみます」

アンは目をむいた。

「撤収するよりほかに、かれらに方法はないだろう」叱責するようにアンはいった。「後方からはさみ撃ちにしたら、横には離脱できない……上方や下方へはすばやくは逃げられない。艦尾にエンジンがあるため、方向転換に時間がとられるのだ」

「敵はいずれにせよ、二万隻船団に保護をもとめますよ」代行は感情を害したように反論した。「同盟を組んでいるのは明らかです。でなければ、ずっと船団のそばにとどまっているわけがありません」

「それは証明にはなっていない、オプ。わたしは正確に知りたい。だから、百隻の部隊で上に向かわせる……かれらの位置から観察できるように」〝上〟あるいは〝下〟という概念は、宇宙空間ではただほかの物体との相対関係でのみ使われるので、アンはたんにクルウン艦隊の上方をさししめした。惑星大気圏内での操縦に使われる垂直安定板がはっきり探知できる。「ほかの艦はのこしておく。そうすれば敵には、三方向に逃げる可能性ができる」

「敵が船団に向けて飛んだら、攻撃しましょう！」オプが興奮した。

それにはアンは答えなかった。

ただハイパーカムで指示を出し、選出した百隻の部隊が〝上〟に向かってスタートするのを探知スクリーンで見つめた。すぐにグーン・ブロックがリニア飛行に切り替わり、しばらくスクリーンから消えた。

ふたたび姿をあらわしたときには、槍形艦の部隊から上方に三百万キロメートルの位置にいた。そこで回頭する。つまり、タンクの膨《ふく》らんだ艦首部分を下に、グーン・ブロックを上に向け、加速したのだ。

すこしして百隻部隊の指揮官からの通信が入った。

「防御攻撃はありませんでした、司令官」失望したようにいう。「それでも敵を砲撃する許可をください」

「敵の至近距離まで接近するか、攻撃されるまで待て！」アンは命じた。「攻撃されなければ、エンジン出力を絞って敵艦のあいだを飛び、宙雷を発射せよ。起爆装置は、敵艦に影響がおよばない程度に遠ざかったところで弾頭が爆発するように調整するのだ！」

「せめて二、三隻、航行不能にしてもいいでしょうか？」指揮官がたずねる。

「そんなことをすれば、敵を無秩序の逃走に追いこむことになる」と、アン。「敵の部隊全体が一方向に逃げるようにしむけたいのだ」

「了解しました」

アンは通信を切り、百隻部隊がしだいに〝落下〟速度を落とすのを観察した。一方、各艦は規則どおり分散し、槍形艦の隙間に進入できるようにしている。隙間は充分ひろい。宇宙空間での作戦行動で〝比較的密集したフォーメーション〟というのは、三千キロメートルから七万キロメートルの間隔を意味するからだ。

百隻部隊は敵の編隊にゆっくり侵入する。光がはげしく点滅し、最初の宙雷が爆発したのがわかった。しかし、いまなお敵に動きはない。

「奇妙な飛行物体を探知しました。最前列の槍形艦からはなれて、高速で遠ざかっていきます」百隻部隊の指揮官が伝えてきた。

「おそらく艦隊の急使だろう」オプが口をはさむ。

「牽引ビームでとらえよ！」アンは命じた。

「消えました」百隻部隊の指揮官が唖然とする。「動きをようやく記録したところでしたが。しかも、われわれの牽引ビームはもはやスイッチに反応しません」

ジェルシゲール・アンは考えこみ、二万隻船団のリフレックスを見つめた。この生物は、さらに謎を投げかけてくるだろうと感じる。

「了解した」アンはいった。「続行せよ！」

突然、表示が変化して、槍形艦隊のコースと速度が目で見えるようになった。

「ようやく動きはじめた！」オプが小躍《こおど》りしていう。

「だが、直進ではなく、左に大きくカーブしている」アンが答える。「二万隻船団にコースを導かれているのだ」

全艦インターカムからシグナルが発せられ、アンはゆっくり頭を向けた。

「援軍がきましたね」オプがいう。

「アルマダ第五八九一部隊、アルマダ第四四部隊、アルマダ第二八二部隊」アンは読みあげた。「ハルウェサン人、サルコ＝一一、それに〝名なし〟の艦隊か。ぜんぶで二十万隻、われわれの艦を合わせると二十五万隻。相手の船団がつくる巨大な球を包囲するのに充分な数だ。槍形艦を追跡し、かれらがリニア空間に消えるか、あるいは遷移したらすぐに、包囲球のフォーメーションを組める」

「二万隻船団はフォーメーション変更をやめました」オプが不審そうにいった。「しかもこのデータでは、数分前のことです」

アンは船団の探知表示を見ると、データスクリーンに目をやった。

「やめていない、ただ中断しているだけだ」と、代行の言葉を修正する。「逃走の準備は確認できない。降伏するかのように見える」

「われわれ、どうしましょうか？」オプがたずねる。

「すでに指示したことを実行するのだ。まだ攻撃を受けていないので、アルマダ中枢の砲撃命令にしたがう理由はない。異人の一部は全員で逃れ、ほかの者は冷静に行動しているだけだ」

だが、包囲されたと気づいても、異人はこのまま冷静な行動をつづけるだろうか？あるいは包囲球がさらに密集していくにつれて、むしろ緊張と重圧が膨らんで、バルブのない小型ボイラーのようになるのではなかろうか？

いつか異人は反応をしめすと、アンにはわかっていた……そうなったらこの宇宙空間は、爆発した船の燃えあがるガスにかんたんに満たされるだろう……

9　離脱者たち

エリック・ウェイデンバーンは、スタックの声が聞こえないペリー・ローダンとほかの人々に寛容になろうと心を決めた。結局、かれらには責任はないのだ。

かれらが次々とつづく無限アルマダ部隊の接近にいらだって反応するのを、かぶりを振って見つめる。かれらはできれば逃亡したいと思っているだろうが、エリックはそれを効果的に阻止していた。全艦船の司令室は、武装したスタック奨励サークルのメンバーが支配している。

ローダンがふたたび近よってきた。

「われわれ、可能なうちに、銀河系船団の安全を確保しなくてはならない!」不死者は要求した。「探知スクリーンを見よ! 無限アルマダからスタートした四つのアルマダ部隊が、われわれを球状に包囲している。全体で二十五万隻の艦だ。武力はこちらをはるかに凌駕している。戦闘になったら、われわれは燃えあがるガスになるしかない」

エリックは微笑した。

「神経質になりすぎです、ペリー。なぜ戦闘になると？　こちらが動かなければ、アルマダ艦にはわれわれを攻撃する理由はありません。最初のアルマダ部隊は攻撃してこなかった。あなたは攻撃を予言していましたが」

「クルウンが銀河系船団の庇護下に逃げなかったからだ」ローダンは説明した。「わたしもそれは予想できなかった。追跡者をわれわれに引きつけたほうが、かれらにとっては論理的だっただろうに。それどころか、かれらは追跡者を一時的にわれわれから遠ざけた。それでもまだ、わたしには理解できない」

「いや、わたしにはわかる！」わきのハッチから声がした。

エリックが振りかえると、タウレクという名の奇妙な異人がハッチのそばに立っていた……かたわらには幼い少年がいる。

次の瞬間、司令室の人員がいっせいに声をあげた。《バジス》船長までが、まるで狂ったようにタウレクのほうに駆けよる。色あせた上着が異様にはためき、エリックは笑い声をあげてしまった。しかし、船長がタウレクのもとにいくと、エリックにはわかった。船長は異人のために走ったのではなく、子供に向かっていったのだ。むせび泣きながら、子供を腕のなかに抱きよせている。

その子供の名前は悪童オリーだと、大勢が呼びかける声からエリックにもわかった。奇妙な名だ！　なぜかれらは、この子供のためにこれほど騒ぎたてるのか！

エリックはローダンに近よった。子供に関心をいだくようすに疑問をおぼえ、「なぜ悪童オリーのことで、これほど騒ぐのです?」と、たずねた。

「タウレクの《シゼル》で遠出をしていたからだ」ペリー・ローダンは答えた。「それは、タウレクが物質の泉の彼岸から乗ってきた乗り物なのだ」

はじめてエリックはこの異人をじっくり見つめた。人間のように見えるが人間ではない。すぐにそれは感じた。しかし、どこか人間らしいところがある。それどころか、奇妙にもなぜか引きつけられる。タウレクはそれを感じたようだ。エリックを凝視して……意味深長な笑みを浮かべた。猛獣の黄色い目が光る。

「ぼく、あなたにクリクルのお父さんから〝ロうつしの挨拶〟を伝えるようにいわれてるんだ」悪童オリーは明るい声でローダンに話しかけた。

「クリクルとは?」ローダンがたずねる。

「ブロドルの四番めの息子だよ。ブロドルはクルウンのスランドールなんだ」

「ブロドルから、わたしに〝ロうつしの挨拶〟を?」ローダンは唖然とした。

「なにかポジティヴなものだと思われます」ウェイロン・ジャヴィアがいう。

「わたしもそう思った」と、ローダン。

「消化した食べ物をくちばしからくちばしへわたすことの象徴だって」悪童オリーが説明した。「愛情表現だけど、大きな共感をしめす場合もあるよ」

「なぜ、クルウンが追跡者をわれわれに引きよせず、むしろ遠ざけたか、理由はこれでわかっただろう、ペリー？」タウレクがいった。

「スランドールがわたしに共感していると？」ローダンは疑うようにいった。

「かれの四男と悪童オリーとの友情に心動かされたのだろう」タウレクがいった。「ともかく、すべてこの子供の話からの判断だが」

「すると、オリヴァーはあなたの《シゼル》でクルウンのところに行っていたのか？」ウェイロンがたずねる。

「すこしのあいだだけだよ、パパ」悪童オリーはいった。「ほとんどの時間は、クリクルとぼくはべつの場所にいたんだ」

「どこだ？」《バジス》船長がたずねる。

「かれは、正確に説明したくてもできない」タウレクがいった。

「夢がほんものになる場所だよ」少年がいう。「《シゼル》がそこに連れていってくれたんだ。あれは本当にかっこいい乗り物だね、パパ」

「今後は権限がない者をどこかに連れていくことはない」と、タウレク。「そのように手をくわえた」

「残念だな！」悪童オリーががっかりする。「すごく楽しかったよ！ ぼく、クルウン語が完璧に話せるし、クリクルはインターコスモをおぼえたんだよ。発音は変だけどね。

クルウン語には〝ククル〟という音が多いんだ」

「おまえがいなくなっているあいだ、こちらは楽しいどころではなかったのだぞ」ウェイロン・ジャヴィアがいう。

「もう、パパ、心配なんてしなくっても平気だよ！」少年はふてくされた。「《シゼル》に乗ってたんだから！」

エリックは微笑したが、すぐに真剣な表情になった。気を抜きすぎたと気づいたのだ。タウレクがいきなり司令室に入れたということは、スタック奨励サークルに所属しない武装した宙航士も条件は同じだ。

通信コンソールに向かい、全船インターカムを作動させ、スタック奨励サークルの特務部隊に指示した。占領した司令室のハッチを内側から施錠し、司令室の乗員は人質として監視せよ、と。

指示が終わると、うしろからかすかな笑い声がした。振りかえると、ペリー・ローダンとタウレクが目の前にいる。タウレクの視線にはユーモアあふれる光が宿っていた。

「あらゆることを考えているのだな、予言者よ！」ローダンが憤慨したようにいう。不死者が司令室奪還のための計画を練りあげていたのを、エリックは感じた。

「父親について考えれば、しかたないことだ」タウレクが妙に強調していう。

エリックは眉間にしわをよせ、不安になってたずねた。

「わたしの父について、なにか知っているのですか？　わたしは一度も会ったことはなく、話を聞いたこともない」

「会ったことがないと、自信を持っていえるのか？」と、タウレク。

エリックは目を閉じて、かれの言葉の響きに耳をすました。

突然、自分が遠い場所にうつされたのを感じた。心の目には、金色の平面が見える。そこには不安を感じさせる黒い影がおりている。

〝人類の心の視野ほど不条理なものはない〟

エリック・ウェイデンバーンは寒けを感じた。

こう話しかけたのはだれだったか、思いだそうとする……場所はどこだったろう。

〝永遠の一部がおまえをとらえたから、おまえはここにいる〟

これもどこかわからない場所で聞いた言葉だ。

どこかで……どこにもない場所で！

〝でも、なぜ？〟

〝宇宙的意義を持つ任務の準備をするためだ。人類のための任務で、それに向かって、おまえは人類を導かなければならない。かれらだけでは見つけることができないから。人類と宇宙のための、とてつもなく重要な任務だ。それがはたされないと、宇宙は前もって定められた方法では存在できず……人類の道は、はじまる前に終わってしまうだろう〟

エリックは意識にあふれる記憶に向き合い、目眩に襲われた……なにか壮大なものがもうすぐ明らかになるという予感が生まれる。

同時に、記憶がふたたびとぎれて最後の秘密が明かされないままになる、という恐怖に震えた。

この苦しみのなか、エリックは、五次元誘導性の檻にいたときに自分のところに飛びこんできた概念にしがみついた。

「すべてのうつろいゆくものは、比喩にすぎない」声に出していった。

近くでだれかが大きく息をついた。

突然、エリックは、温かく脈打つ生命力あふれる声をはっきりと聞いた。〝あのとき〟自分に話しかけてきた声……いまはさらに信頼を感じている声を。

その声がふたたび、大きく話しかけてきた気がする。

〝この瞬間から、おまえは人類で唯一の無限アルマダの一員になった！〟

「かれはなにをいっているんだ？」ペリー・ローダンが問う声がした。

「そう、まさにそのとおり！」エリックは大声でいい、目を見開いた。味わったことのないような至福のよろこびが流れこんでくる。「わたしは人類最初の無限アルマダの一員なのだ……自分がその使命に値《あた》いすることを証明しよう！」

＊

エリック・ウェイデンバーンが突然、大声で〝人類最初の無限アルマダの一員だ〟というのを、ペリー・ローダンは茫然と聞いていた。これはローダンにとって、スタック奨励サークルの設立者が常軌を逸しているという決定的な証明になった。

「かれはとうとう理性を失ってしまった」と、ローダンは全員をおびやかす災厄を予感させるように低くいった。「精神が通常の状態にある人間なら、自身を無限アルマダの一員だとは思わない」

「エリック・ウェイデンバーンはそうなのだ」タウレクがいう。

「なんだって？」ローダンはたずねた。「理性を失ったということか？」

物質の泉の彼岸からきた異人はかぶりを振った。

「エリック・ウェイデンバーンは、人類最初の無限アルマダの一員だ」

エリックの目が勝ち誇ったように光る。

「かれの言葉を、聞きましたね？　あなたがた全員が聞いていたはず」

「さっきのは、きみのひとり言だろう」ローダンはいった。タウレクが証明したことを信じる気にはならない。

「エリックは、自身に告知された内容をくりかえしたのだ」と、タウレク。「しかし、まずいタイミングで思いだしたもの。あまりに時期尚早《しょうそう》だ。というのも、かれは自分の使命に対して、まだ未熟だから」

「しかし、スタックの呼び声は聞こえます」ウェイデンバーンは憤慨した。「だから早すぎることなどありません。ともかくわたしや、スタック奨励サークルの仲間たちにとっては。われわれはスタックに到達し、そこで願いを叶《かな》える準備ができています」

エリックは気の毒そうにローダンを見つめ、

「ですが、事情を知らないあなたがたにとっては、残念ながら早すぎる。だから、われわれ、この場で進むべき道を分かたなくてはなりません。われわれはもはや、人類のもとでは生きていけないのです」

ローダンは助けをもとめるように、自称〝ひとつ目〟をわきから見やった。

「なぜ時期尚早なのか、くわしく説明してやってくれ！　それが理解できれば、前提が完全に間違っているとわかるはずだ。かれの計画は、まったくどうかしている！」

タウレクは同情するように微笑した……いくらか慇懃《いんぎん》無礼でもあった。

「動きだしたらもはや、とめられない展開というものがある、テラナー。宇宙の定言的命令が覆ることはない。それによってエリックの場合、過去の失敗にあらたな失敗を上塗りすることになろうとも。しかし、宇宙の定言的命令はまた、すべての間違った展開をふたたび調整するようにも働くのだ」

「宇宙の定言的命令は知らないが」ローダンは答えた。「間違った展開が調整されるようすは想像できる。そのさい、個人や種族全体は存在を消されるのだろう」

「宇宙に内在する力は独自のやり方に応じて作用する、ペリー・ローダン」タウレクはまじめにいった。「力そのものが法なのだ。そこに感情はふくまれない。しかし、きみはエリックの失敗に多くの意味を考えすぎているようだ」

「こうして話しているよりも、もっと多くのことを知っているのだな、タウレク」ローダンは彼岸からきた男を責めた。「なぜ、われわれに背景を説明しないのだ？　すべてを理解できるよう、手を貸してくれ！」

タウレクがかぶりを振り、ローダンは失望したようにそれを見つめた。

コスモクラートの代理人は、背景を説明したくないのか……あるいは自身も知らないのか。

突然、ある思いに襲われた。

アルマディストがトリイクル9を探しもとめているのは、ウェイデンバーン主義者がスタックを探すのと、同じ動機にもとづいてはいないのではないか？

軽率な結論は出すなと自戒する。明白なことが正しいとはかぎらない。しかし、この考えは頭からはなれず……さらに次の思いも浮かんだ。

スタックとトリイクル9とフロストルービンが、同一物であるとは信じがたい！

この考えが真実に思えて、ローダンは目眩がした。ただの予感で、実際の関係についての知識にもとづいているわけではないのだが。そのような知識は、宇宙のあらゆる真実に関する謎と同じで、太古からの恐ろしくも美しい秘密のヴェールにつつまれているのだから。

「われわれが要求するのは撤退の自由だけ！」ウェイデンバーンがいう声が聞こえた。

ローダンは高揚した思考から現実に引きもどされる。

「なにを要求すると？」理解できずにたずねた。

「撤退の自由です」ウェイデンバーンは、さも自明のことのように答える。「外でスタックが呼んでいる。われわれ、成就を探しにいきます。成就はあなたがたのことも待ちうけているのです、ペリー・ローダン。船は要求しませんが、われわれが《バジス》をはなれ無防備になっても、牽引ビームで引きもどすようなことはしないでください」

ローダンは思わず笑った。しかし、ユーモアのこもっていない笑いだった。

「自分がなにを要求しているか、わかっているな、エリック？　きみはわたしに、銀河系船団の乗員十万人を離脱させろといっているのだぞ」

「われわれはもはや銀河系船団の一員ではありません」ウェイデンバーンは答えた。

「もはやテラナーでもない。われわれにとって、あなたや銀河系船団がまだなお、どれだけの価値があろうか！　それに、われわれから手を引けば、あなたは行動の自由をとりもどせるのですよ。決断してください！」

ローダンはウェイデンバーンを、次にスタック奨励サークルのほかの者たちを見つめ……突然、かれらを見る自分の目が変わったことに気づいた。

かれらは分別のない子供たちではない。正しいことをしていると納得しているのだ。全員、同じように考え、感じている。

しかし、離脱させたら、どうなるのだろう？　かれらに対する責任は自分にまだなおあるのではないか？　フロストルービンに墜落するのを許していいのだろうか？

意識のなかに、〝それ〟に統合された人々の幻影がひらめいた。かれらの顔を目に浮かべ、思考のなかでかれらの名前をささやく。

かれらの行動と、ウェイデンバーン主義者の行動はリンクしているのだろうか？

しかし、かれらの場合は、ローダンにはその運命を知っていて……かれらの願望が満たされたこともわかっている。

ウェイデンバーンと主義者たちがどうなるか、ローダンにはわからない。タウレクでさえ、ウェイデンバーンはまだその使命に見合うほど成熟していないといった……ウェイデンバーンにあてはまるなら、主義者たちも同様だ。

だが、タウレクは、動きだしたらとめられない展開があるとも話していた。どんな人間にも、自身の運命をみずから定める自由があるのではないか？

大きく息を吸い、周囲を見まわした……居合わせる者たち全員が問いかけるような視線を向けている。

「わかった」ローダンはいった。「撤退の自由を保証しよう、エリック」

ローダンが手をのばし……エリック・ウェイデンバーンはそれをにぎった……

＊

ジェルシゲール・アンは待っていた。

四つのアルマダ部隊はすでに位置についている。二万隻の未知船で構成された船団を、二十五万隻のアルマダ艦の球が包囲している。

完全な包囲ではない。

船団の、瓦礫フィールドに面する側には、アルマダ艦はいない。完全でないとはいえ、中空の球形にフォーメーションを組んだ二万隻船団を、二十五万隻の艦船が充分な距離を確保しながらとりかこむには、やはりまだ数がたりなかったのだ。いやおうなく正当防衛反応を招くことがないよう、距離はしっかりたもつ必要がある。アルマディストはだれもが、太古からの慣行を知っていた。

しかし、隙間があっても問題はなかった。異人がそこから脱出するとは考えられなかったからだ。瓦礫フィールドへ向かった場合、絶対的にトリイクル9が終着地となり、破滅を意味する。

異人たちはとっくに通信シグナルを無限アルマダとアルマダ部隊の方角へ送るのをやめていた。いずれにしてもまったく意味はなかっただろう。アルマダ中枢は、異人からの通信に応じるなと命令してきていたから。

アンにはその理由の見当がついていた。

アルマダ中枢では、異人をどう判断し、とりあつかえばいいのか、判断しかねているのだ。変形させられ、悪用されたトリイクル9を前にどう行動するべきか、問題の解決に全精神力を注ぐ必要に迫られているのかもしれない。

ジェルシゲール・アンは背中の瘤から発する刺すような痛みが全身を駆けめぐるのを感じた。死を憧れる気持ちにおそわれる。

数えきれないほどの世代にわたる捜索ののち、よりによって自分たちがトリイクル9を発見したときには、しばらく勝利に酔った。そのためにいっそう、ここからなにをはじめるべきかわからないというのは意気消沈することだった。

ひょっとするとこの問題は、アルマダ中枢にも解けないのかもしれない。オルドバンは本当にただの伝説の存在で、この問題に対応できる者はいないという可能性もある。トリイクル9のもち去りを防げなかったというかつての恥にくわえ、今回はさらに恥の上塗りとなるかもしれない。

自分はそれに耐えて生きのびられないと、アンにはわかっていた。どんなシグリド人もそれを乗りこえて生きのびたいと思わないだろう……ひょっとすると、このような場合、数十億の全アルマディストが集団自殺するかもしれない。

「見てください！」ターツァレル・オプが声をあげた。

ジェルシゲール・アンは顔をあげ、船団のリフレックスをうつす大探知スクリーンを見つめた。リフレックスが動きはじめたかと、なかば期待していた。

しかし、そこに見えたのは、まったく違うものだった。

大スクリーンは一部を拡大に切り替えられていた。多数の船をはっきりとらえていたが……そのあいだに無数のちいさな点があり、船団からはなれて、包囲球の隙間をめざしている。

「宙航士たちです！」分析コンピュータを見ただれかがいった。「宇宙服を着用した異人が船を離脱し、自分の推進装置で宇宙空間を移動しています。何万もいます！」

アンは慄然とした。

異人の状況を自分のことのように想像できる。自分たちの滑稽なほどちいさい船団を包囲する、はるかに凌駕した力には、まったく対抗できないと悟ったにちがいない。

その状況下で、船を放棄し、せめて自分の身だけでも助かろうと結論を出したようだ。瓦礫フィールドのどこかにかくれるつもりかもしれない。

「逃してはいけません！」オプがうながす。

それはアンにもわかっていたが……思わず身震いした。アルマダ中枢は不可避の決断を実現しようとするだろう、自分とほかのアルマダ部隊三つの司令官に異人を砲撃せよと命じるだろう、と、想像したのだ。

「かれらを捕らえる！」アルマダ中枢の恐ろしい命令を未然に防ぐために、あわてていった。「アルマダ作業工を放出せよ！」

＊

かれらは自由だった……自由で、かれらのスタックに向かっている！

エリック・ウェイデンバーンは、こうなるとわかっていた。それでも表現しきれないほどの幸福感につつまれている。かれは黙っていたが、ともに宇宙空間を飛んでいる数万の仲間は、歓喜の声と歌声を響かせてよろこびをあらわしていた。

スタックは近い……すぐそこだ！

まもなくべつの存在形態に移行し、自己を理解するのだ。

エリックは機器のスイッチを入れてすこしからだを起こして振りかえり、銀河系船団が見えるようにした。船からはセラン防護服を着用した者たちが集団になって続々と出てくる。

まだこの防護服が必要だが、それも長くはない。

ふたたびからだを回転させて前方を見つめた。特殊探知機器により、アルマダ部隊の一部が視野に入る。最初に銀河系船団の包囲をはじめた部隊だ。

ウェイデンバーンは、そこから奇妙な物体が接近してくるのを見て不思議に思った。物体のひとつはすでに近くまできている。胴体は短い円柱形で、上下が尖った円錐形になっており、そこに不格好なたくさんの塊りがついているのが見える。

搭載艇か？

エリックは寛容に微笑した。

無限アルマダでは、エリックとその支持者がスタックを自力で発見するのは不可能、あるいは援護が必要だと思ったのかもしれない。そんな気づかいは無用だ。

最初の物体がもっとも遠くまで飛んだ宙航士までたどり着き、そばで停止した。そこでなにがおこなわれたかエリックには見えなかったが、ヘルメット・テレカムから立腹したような声が聞こえて不思議に思い、眉間にしわをよせた。

おそらくコミュニケーションに問題があったのだろう。

ふたりめの宙航士のそばにも物体が到着した。さらにいくつかがつづき、ヘルメット・テレカムに悪態が響く。つづいて救援をもとめる声が伝わってきた。

しばらくしてエリックは、この物体がロボットだとわかった。ロボットは仲間たちの背中についている飛翔装置をあっさり壊し、触腕状アームでとらえて連れていく。

エリックは驚愕した。

「聞いてくれ!」ヘルメット・テレカムを最大音量に調節して大声でいう。「誤解のようだ。わたしはエリック・ウェイデンバーン。人類最初の無限アルマダの一員だ! 仲間とわたしはわれらのスタックに向かっている。われわれは遭難者でもなければ、追放された者でもない。解放してくれ!」

こうして話しかけても、まったく無意味だった。

未知のロボットが続々とあらわれ、宙航士の飛翔装置を破壊し、二、三名まとめて触手でつかみ、引っ張っていくのを茫然と眺める……行き先は、かれらの艦隊だった。テレカムから悲鳴と悪態が聞こえてくるが、ほとんどの者は黙っていた。驚きとショックで麻痺したようになっているのだ。

エリックも、ロボットがそばで停止し、作業アームで背中から捕らえられ、触腕を巻きつけられても、身じろぎもできなかった。ロボットはさらにふたりを捕まえると、艦隊に向かって飛びはじめた。

しばらくして、なかば意識を失ったエリック・ウェイデンバーンの視野に、巨大な構造物が入ってきた。巨大なあばたにおおわれた箱形の黒い塊りだ。

暗い出入口に引っ張っていかれたとき、かれはすべての勇気と自信を失った……

＊

ジェルシゲール・アンは自分のアルマダ部隊からはなれた《ゴロ＝オ＝ソク》を見つめた。

多数の大型グーン・ブロックで構成された輸送機に、集めた異人を収容している。そのやり方は明らかに、アルマダ中枢によってあとから認可されたものだった。というのも、アルマダ中枢からは捕虜を輸送するように指示があっただけだから……行き先はアルマダ中枢だ。そこへはすでに、瓦礫フィールドにあるトリイクル9のそばに到着したとたんに拿捕《だほ》された未知の球型艦も曳航されていた。

これで問題は解決だ。もはや自分には関係ない。アンはそう思ったが、二万隻船団はまだそこにいる。通信を傍受したところ、十万の捕虜は乗員のごく一部ということだった。

アルマダ作業工数体が司令室に入ってきたとき、アンはうめきながら振り向いた。ロボットはまっすぐこちらに向かってくる……突然、いやな予感に襲われた。

ちょうど目の前で、ロボットたちはとまった。レンズ形の探知・方向測定機器が光っている。司令室のほかの乗員が自分のほうを向き、緊張して事態を見守っていた。

「ジェルシゲール・アン！」ロボット一体が低くうなるような音を出していった。「アルマダ中枢を統治するオルドバンの命令によって、あなたを逮捕します」

「なんだと！」思わずアンは口にした。

「最近、忠実な行動をとっていなかった罪で罰せられます」ロボットが説明する。「すくなくとも、トリイクル9の発見以降のことです。アルマダ第一七六部隊の司令官は、ターツァレル・オプが後任になります。ジェルシゲール・アン、あなたはしばらく自室キャビンに拘留されます」

アンはぼんやりロボットたちのあとを追った。

この告訴に完全に理由がないわけではないのはわかっている。アルマダ中枢の命令をすべて正確に実行してはおらず、命令を待たなかったり、性急に解釈したりしたこともあった。しかし、トリイクル9の捜索という目的にはつねに忠実に行動してきたのだ。

全艦インターカムでアルマダ中枢からあらたな指示がくだるのを聞いたとき驚いて、あらたな司令官を驚愕の目で見つめた。

その指示が、異人の船団に決定的な攻撃をする準備をし、実行せよという内容だったからだ……まちがいなくアルマダ部隊の四つに同時に伝えられている。

ターツァレル・オプはこの命令にしたがうことをためらうような者ではなかった……

＊

「全員捕らえられ、巨大輸送機で連れていかれました」サンドラ・ブゲアクリスが蒼白になる。

ローダンは唇を嚙んだ。

気が遠くなりそうだったが、銀河系船団のほかの宙航士たちも同じ気分を分かち合っているとわかっていた。はじめは信じられない気持ちで、その後はただ茫然としながら、ウェイデンバーンと支持者たちがアルマダ作業工によってとらえられ運ばれるのを見守るしかなかった……救助する方法はなかったのだ。

十万の人類が無限アルマダにされるがままだった！

この者たちが先にほかの人々と断絶したことは、問題にならない。

「輸送機が動きはじめます……アルマダの主要部に向かって」ハミラー・チューブがいった。

「アルマダ中枢に連れていかれます。《プレジデント》もそこに曳航されているようです」デネイデ・ホルウィコワがいった。「通信指示を盗聴し、解読しました」

「かれらはどうなる？」ペリー・ローダンは絶望してタウレクのほうを向いた。

「わからない」〝ひとつ目〟は考えこむ。

「あらたな通信指示！」デネイデが大声でいった。「四つのアルマダ部隊に同時に……つまり、旗艦に向けたものです。コンピュータが解読を進めています」

「撤退命令でしょうか」ウェイロン・ジャヴィアがいう。

「ちがうわ！」デネイデは驚いてささやき、茫然とコミュニケーション・スクリーンをさししめす。そこには無限アルマダの解読された命令が光っていた。

明らかにデネイデはひと言も発することができない状態なので、ロワがそばに行って前かがみになった。

すぐに跳びあがる。顔はやはり蒼白だ。

「どうした？」ローダンがたずねると、ロワは息をのんだ。

「命令によると、われわれに対して決定的な攻撃を準備し、実行せよということです」

ロワは茫然といった。

「銀河系船団の破滅だ」レス・ツェロンがいう。「われわれ全員、終わりだ」

ローダンはすでに全船インターカムの前に立っていて、呼びかけた。

「戦闘警報！　銀河系船団の全艦船は戦闘準備を！　われわれをとりかこむ四部隊から、いつ攻撃されてもおかしくない。しかし、砲撃の火蓋を切る側になってはならない」

それはまるで違う！　ローダンは苦々しく考えた。

あとがきにかえて

若松宣子

この数年、夏はツール・ド・フランス観戦を楽しみにしている。毎年七月、約二百名の選手がほぼ三週間、ゴールのシャンゼリゼを目指して自転車でフランスの街や山を走りぬける。コースは全長およそ三千五百キロメートルに及ぶ。

毎年少しずつコースの変更があるが、二〇一七年、今年の第百四回大会はドイツのデュッセルドルフから始まった。ドイツ人のキッテルが強さを見せて、二日目にデュッセルドルフからベルギーのリエージュまで走り優勝したときには号泣していた。ドーピング問題などでドイツでは自転車競技は人気が下火だったらしく、ドイツが出発地に選ばれるのも三十年ぶりだそうだ。万感の思いがこみあげてきたのだろう。今年はその後、キッテルも含めスター選手たちがつぎつぎに事故に見舞われリタイアするトラブルが続いたが、若手選手の活躍もみられ、また熱い夏のはじまりとなった。

訳者略歴　中央大学大学院独文学専攻博士課程修了，中央大学講師，翻訳家　訳書『ポルレイターの秘密兵器』シドウ＆ホフマン，『神のアンテナ』フランシス＆マール（以上早川書房刊）他多数

HM=Hayakawa Mystery
SF=Science Fiction
JA=Japanese Author
NV=Novel
NF=Nonfiction
FT=Fantasy

宇宙英雄ローダン・シリーズ〈552〉

偽《にせ》アルマディスト

〈SF2140〉

二〇一七年九月　十　日　印刷
二〇一七年九月十五日　発行

（定価はカバーに表示してあります）

著　者　デトレフ・G・ヴィンター
　　　　H・G・エーヴェルス
訳　者　若《わか》松《まつ》宣《のり》子《こ》
発行者　早川　浩
発行所　株式会社　早川書房
郵便番号　一〇一 - 〇〇四六
東京都千代田区神田多町二ノ二
電話　〇三 - 三二五二 - 三一一一（大代表）
振替　〇〇一六〇 - 三 - 四七七九九
http://www.hayakawa-online.co.jp

乱丁・落丁本は小社制作部宛お送り下さい。
送料小社負担にてお取りかえいたします。

印刷・信毎書籍印刷株式会社　製本・株式会社川島製本所
Printed and bound in Japan
ISBN978-4-15-012140-2 C0197